TRANZLATY

Language is for everyone

언어는 모든 사람을 위한 것입니다

The Call of Cthulhu

크툴루의 부름

H.P. Lovecraft

H.P. 러브크래프트

English

한국어

www.tranzlaty.com

The Horror Made of Clay
진흙으로 만든 공포

There is one thing I find particularly merciful.

제가 특히 다행스럽게 생각하는 한 가지가 있습니다.

The inability of the human mind to correlate events.

인간의 마음이 사건들 사이의 상관관계를 파악하지 못하는 한계.

It's a blessing that we can't understand the world.

우리가 세상을 이해할 수 없다는 건 축복이다.

We live blissfully on a placid island of ignorance.

우리는 무지의 고요한 섬에서 더없이 행복하게 살고 있다.

An island in the midst of black seas of infinity.

끝없이 펼쳐진 검은 바다 한가운데 있는 섬.

And it was not meant that we should voyage far.

우리가 멀리 항해해야 한다는 뜻은 아니었습니다.

The sciences each strain in their own directions.

각 과학 분야는 저마다 다른 방향으로 나아간다.

But hitherto science's findings have harmed us little.

하지만 지금까지 과학의 발견은 우리에게 거의 해를 끼치지 않았습니다.

But some day dissociated knowledge will be pieced together.

하지만 언젠가는 흩어진 지식들이 하나로 합쳐질 것입니다.

Terrifying vistas of reality will open up to us.

우리 앞에는 무시무시한 현실의 광경이 펼쳐질 것이다.

And we will be left in a frightful vantage point.

그러면 우리는 끔찍한 유리한 위치에 놓이게 될 것입니다.

We will either go mad from the revelation we are given.

우리는 우리에게 주어진 계시 때문에 미쳐버릴 것이다.

Or we will flee from the deadly light that we will see.

아니면 우리는 우리가 보게 될 그 치명적인 빛으로부터 도망칠
것이다.
We will run from the knowledge we had always pursued.
우리는 그토록 추구해왔던 지식으로부터 도망칠 것이다.
And we will seek the peace and safety of a new dark age.
그리고 우리는 새로운 암흑시대의 평화와 안전을 추구할 것이다.
Theosophists have guessed at the scale of the cosmos.
신지학자들은 우주의 규모를 추측해 왔다.
Our world is but a transient incident in this cycle.
우리 세계는 이 순환 속에서 잠깐 나타나는 현상에 불과합니다.
The human race plays but a little role in the universe.
인류는 우주에서 아주 작은 역할만 하고 있다.
The theosophists have hinted at strange methods of survival.
신지학자들은 기이한 생존 방법을 암시해 왔다.
But their suggestions would freeze a rational man's blood.
하지만 그들의 제안은 이성적인 사람이라면 누구나 얼어붙게
만들 것이다.
Only the optimism of their ideas hides the horror.
그들의 생각에 담긴 낙관주의만이 그 안에 숨겨진 공포를 감추고
있을 뿐이다.
But it is not their ideas that chill me the most.
하지만 나를 가장 소름 끼치게 하는 것은 그들의 생각이 아니다.
It is something else that fills me with terror.
나를 공포에 떨게 하는 것은 다른 무언가입니다.
The single glimpse of forbidden eons I have seen.
내가 본 금지된 영원의 모습은 단 한 번뿐이었다.
When I think of what I saw my blood stands still.
내가 목격한 것을 생각하면 온몸에 소름이 돋는다.
Restlessness plagues my dreams since that glimpse.
그 장면을 본 이후로 불안감이 내 꿈을 괴롭힌다.

It came to me like all dreaded glimpses of truth.

그것은 마치 두려운 진실의 단면처럼 내게 다가왔다.

An accidental piecing together of separated things.

분리되어 있던 것들이 우연히 하나로 합쳐진 것.

An old newspaper item and the notes of a dead professor.

오래된 신문 기사와 돌아가신 교수의 유서.

In a flash everything was pieced together before me.

순식간에 모든 조각들이 내 눈앞에 맞춰졌다.

I hope no one else will accomplish this terrible insight.

다른 누구도 이런 끔찍한 통찰력을 얻지 않기를 바랍니다.

Certainly, if I live, I shall never help anyone to know it.

확실히, 내가 살아 있는 한, 나는 절대로 그 사실을 누구에게도 알리지 않을 것이다.

I shall never knowingly supply a link in so hideous a chain.

나는 결코 고의로 그토록 끔찍한 연쇄 고리의 일부가 되지 않을 것이다.

I think that the professor, too, intended to keep silent.

제 생각에 교수님도 침묵을 지키려 하셨던 것 같습니다.

He didn't mean to share the secrets that he knew.

그는 자신이 알고 있는 비밀을 누설할 의도는 없었다.

And I'm sure he would have destroyed his notes.

그리고 저는 그가 자신의 메모를 모두 없애버렸을 거라고 확신합니다.

If he had not been seized by sudden and suspicious death.

그가 갑작스럽고 의심스러운 죽음을 맞지 않았더라면.

***

My knowledge of the thing began in the winter of 1926-27.

내가 그 일에 대해 알게 된 것은 1926년 겨울에서 1927년 봄 사이였습니다.

My great-uncle was the professor George Gammell Angell.

저의 큰할아버지는 조지 갬멜 앤젤 교수님이셨습니다.

He was the Professor Emeritus of Semitic languages.

그는 셈어학 명예교수였습니다.

He lectured in Brown University, Providence, Rhode Island.

그는 로드아일랜드주 프로비던스에 있는 브라운 대학교에서 강의했습니다.

His death, at the age of ninety-two, triggered the event.

그가 92세의 나이로 세상을 떠난 것이 그 사건의 발단이 되었다.

He was widely known as an authority on ancient inscriptions.

그는 고대 비문에 대한 권위자로 널리 알려져 있었다.

Heads of prominent museums came to him for his expertise.

유명 박물관 관장들이 그의 전문 지식을 얻기 위해 그를 찾아왔다.

So his death was noticed by many within academic circles.

그래서 그의 죽음은 학계 내 많은 사람들의 주목을 받았습니다.

Interest was intensified by the obscurity of his death.

그의 죽음이 불투명했기 때문에 관심이 더욱 고조되었다.

It occurred as he was disembarking from the Newport boat.

그 일은 그가 뉴포트행 배에서 내리던 중에 일어났습니다.

Witnesses say a dark nautical-looking fellow had jostled him.

목격자들에 따르면, 선원처럼 보이는 검은 머리의 남자가 그를 밀쳤다고 합니다.

After being stricken, he fell suddenly, witnesses say.

목격자들에 따르면 그는 공격을 받은 후 갑자기 쓰러졌다.

Physicians were unable to find any visible disorder.

의사들은 눈에 띄는 이상을 발견하지 못했습니다.

After some perplexed debate they reached their conclusion.

그들은 당혹스러운 토론 끝에 결론에 도달했다.
"It must have been a lesion of the heart," they agreed,
"심장에 병변이 있었던 게 분명해." 그들은 동의했다.
"After all, he was rather an elderly man," they added.
"어쨌든 그는 꽤 나이가 많은 분이었잖아요."라고 그들은
덧붙였다.
"the brisk ascent of the steep hill caused his end."
"가파른 언덕을 빠르게 오르던 것이 그의 죽음을 초래했다."
At the time I saw no reason to dissent from this dictum.
당시 나는 이 격언에 반대할 이유를 찾지 못했다.
But latterly I am inclined to wonder about their conclusion.
하지만 최근에는 그들의 결론에 의문이 드는 경향이 있습니다.
And I do more than just wonder if they were right.
그리고 저는 그들이 옳았는지 궁금해하는 것 이상으로
궁금합니다.

****

My grand-uncle died alone as a childless widower.
제 큰할아버지는 자식 없이 홀로 세상을 떠나셨습니다.
And so I became heir and executor to his possessions.
그리하여 나는 그의 재산에 대한 상속인이자 유언집행인이
되었습니다.
So I was expected to go over his papers and writings.
그래서 저는 그의 논문과 저술들을 검토해야 했습니다.
I moved his entire set of files and boxes to my Boston home.
나는 그의 모든 서류와 상자를 보스턴에 있는 내 집으로 옮겼다.
Much of the materials I collected will later be published.
제가 수집한 자료의 상당 부분은 나중에 출판될 예정입니다.
Many academics in his field took great interest in his work.

그의 분야에 있는 많은 학자들이 그의 연구에 큰 관심을 보였다.
The American archeological society relied on him greatly.
미국 고고학회는 그에게 크게 의존했다.
But there was one box which I found exceedingly puzzling.
하지만 그중에서 유독 이해하기 어려운 상자가 하나 있었습니다.
I felt much averse from showing these files to other eyes.
나는 이 파일들을 다른 사람들에게 보여주는 것이 몹시 꺼려졌다.
The box had been locked, unlike the other boxes.
다른 상자들과 달리 그 상자는 잠겨 있었다.
And initially I found no key that would open this box.
처음에 나는 이 상자를 열 수 있는 열쇠를 찾지 못했다.
But then the location of the key occurred to me.
그런데 그때 열쇠의 위치가 떠올랐습니다.
The professor always carried a keyring in his pocket.
그 교수는 항상 주머니에 열쇠고리를 가지고 다녔다.
It was indeed one of these keys that opened the box.
상자를 연 것은 바로 이 열쇠 중 하나였습니다.
But in the box was a still more closely locked barrier.
하지만 상자 안에는 훨씬 더 단단히 잠긴 장벽이 있었다.
What could be the meaning of the queer bas-relief?
이 기묘한 부조는 무슨 의미일까요?
Various paper cuttings accompanied the bas-relief.
부조에는 다양한 종이 조각들이 함께 전시되어 있었다.
What did the disjointed jottings and ramblings allude to?
두서없는 메모와 횡설수설은 무엇을 암시하는 것일까?
Had my uncle become credulous to superficial impostures?
삼촌은 겉치레에 쉽게 속아 넘어가는 사람이 된 걸까?
Perhaps in his later years his criticalness thought slowed.
아마도 말년에 그의 비판적 사고 속도가 느려졌을 것이다.
Someone had disturbed this old man's peace of mind.
누군가 이 노인의 마음의 평화를 깨뜨렸다.

And so I resolved to locate the eccentric sculptor.
그래서 나는 그 괴짜 조각가를 찾아내기로 결심했다.
The man who set in motion my uncle's strange obsession.
내 삼촌의 기이한 집착을 시작하게 만든 사람.

***

The bas-relief was roughly shaped like a rectangle.
그 부조는 대략 직사각형 모양이었다.
The rectangular shape was less than an inch thick.
직사각형 모양의 두께는 1인치 미만이었습니다.
And the bas-relief was about five by six inches in area.
그리고 그 부조는 가로 약 5인치, 세로 약 6인치 크기였습니다.
It was obvious that the bas-relief was of modern origin.
그 부조는 분명히 현대적인 작품이었다.
The designs, however, were far from modern in atmosphere.
하지만 그 디자인들은 현대적인 분위기와는 거리가 멀었다.
The inscriptions suggested a far older civilization.
비문들은 훨씬 더 오래된 문명이 존재했음을 시사했다.
The vagaries of cubism and futurism were many and wild.
입체파와 미래파의 변덕스러움은 다양하고 예측 불가능했다.
But normally such patterns fail to produce regularity.
하지만 일반적으로 이러한 패턴은 규칙성을 만들어내지
못합니다.
The cryptic regularity which lurks in prehistoric writing.
선사시대 문자 속에 숨어 있는 불가사의한 규칙성.
This regularity was certainly present in the bas-relief.
이러한 규칙성은 부조에서도 분명히 드러났습니다.
I was certain the inscriptions represented a writing system.
나는 그 비문들이 문자 체계를 나타낸다고 확신했다.
I had some familiarity with the papers of my uncle.

나는 삼촌의 서류들을 어느 정도 알고 있었다.

And I had looked through all of his collections and works.

그리고 저는 그의 모든 소장품과 작품들을 샅샅이

살펴보았습니다.

But I failed to find any writing that was similar.

하지만 저는 그와 비슷한 글을 찾지 못했습니다.

I could not geographically place this alphabet in any way.

나는 이 알파벳이 지리적으로 어디에 속하는지 전혀 알 수 없었다.

Nor could I guess from what time this writing came from.

이 글이 언제 쓰여졌는지도 짐작할 수 없었습니다.

Above these apparent hieroglyphics there was a figure.

이 상형문자로 보이는 글자들 위에는 어떤 형상이 있었다.

The figure was evidently only of pictorial intent.

그 그림은 분명히 시각적인 목적으로만 그려진 것이었다.

The impressionism of the picture added to the mystery.

그림의 인상주의적 표현이 신비감을 더했다.

No clear idea of the creature's nature could be discerned.

그 생명체의 본성에 대해서는 뚜렷한 단서를 찾을 수 없었다.

The creature seemed to be a monster, of some sort.

그 생물은 일종의 괴물처럼 보였다.

Or the symbol represented a monster, of some sort.

혹은 그 상징은 어떤 종류의 괴물을 나타냈을 수도 있다.

Only a diseased mind could conceive of such a form.

정신병에 걸린 사람만이 그런 형태를 생각해낼 수 있을 것이다.

My imagination yielded different pictures simultaneously.

내 상상력은 동시에 여러 가지 이미지를 떠올렸다.

But my imagination may also be somewhat extravagant.

하지만 제 상상력이 다소 과장된 면도 있을지도 모릅니다.

An octopus, a dragon, and also a human caricature.

문어, 용, 그리고 인간을 희화화한 캐릭터.

I shall try not be unfaithful to the spirit of the thing.

나는 그 취지에 어긋나지 않도록 노력하겠다.
A pulpy, tentacled head surmounted a scaly body.
물렁하고 촉수가 달린 머리가 비늘로 덮인 몸통 위에 솟아 있었다.
Rudimentary wings protruded from the grotesque shape.
기괴한 형체에서 원시적인 날개가 튀어나와 있었다.
But the shape of the monster wasn't even the worst part.
하지만 괴물의 생김새가 가장 끔찍한 부분은 아니었다.
The background of the picture was even more frightening.
사진의 배경은 더욱 섬뜩했다.
The scenery had a vague suggestion of another civilization.
그 풍경은 마치 다른 문명의 흔적을 어렴풋이 떠올리게 했다.
Cyclopean architecture from a forgotten part of the world.
세상의 잊혀진 지역에서 발견된 거대한 건축물.

＊

Only some notes and press cuttings accompanied the oddity.
그 특이한 물건에는 몇 장의 메모와 신문 기사만 첨부되어 있었다.
The press cuttings seemed to be only vaguely related.
신문 기사들은 서로 관련성이 다소 희미해 보였다.
The hand written notes were all from my uncle.
손으로 쓴 메모들은 모두 삼촌이 보내주신 것이었다.
But his notes made no pretense to any literary style.
하지만 그의 노트는 어떤 문학적 스타일도 흉내 내려는 기색이 없었다.
There was no ordering mechanism to any of the papers.
논문들을 정렬하는 메커니즘은 전혀 없었습니다.
Although there seemed to be a master document to the notes.
메모들을 정리한 마스터 문서가 있는 것 같았습니다.
This document was ascribed to the cult of Cthulhu

이 문서는 크툴루 숭배 집단과 관련이 있는 것으로 여겨진다.

The word's letters had been painstakingly written out.

그 단어의 글자 하나하나가 정성스럽게 쓰여 있었다.

There should be no erroneous reading of the unheard of word.

생소한 단어를 잘못 해석해서는 안 됩니다.

This Cthulhu manuscript was divided into two sections;

이 크툴루 관련 원고는 두 부분으로 나뉘어 있었습니다.

The first manuscript was titled the following:

첫 번째 원고의 제목은 다음과 같았습니다.

"1925 - Dream and Dream Work of H. A. Wilcox"

"1925년 - HA 윌콕스의 꿈과 꿈에 관한 작품"

"7 Thomas St., Providence, Road Island"

"로드 아일랜드, 프로비던스, 토마스 스트리트 7번지"

And the second manuscript was titled the following:

두 번째 원고의 제목은 다음과 같았습니다.

"Narrative of Inspector John R. Legrasse"

"존 R. 레그라스 경감의 이야기"

"121 Bienville St., New Orleans, 1908 Meetings."

"1908년 뉴올리언스 비엔빌 거리 121번지에서 열린 회의."

"Notes on Same, & Prof. Webb's account of events"

"사임 에 대한 메모 및 웹 교수의 사건 설명"

The other manuscript papers were all brief notes.

나머지 원고들은 모두 간단한 메모였습니다.

Some manuscripts described the queer dreams of different persons.

일부 원고에는 여러 사람들의 기이한 꿈에 대한 묘사가 담겨 있다.

Some manuscripts cited from theosophical books and magazines.

일부 원고는 신지학 서적 및 잡지에서 인용되었습니다.

Notably, most of these citations were from W. Scott-Eliott.

특히, 이러한 인용문의 대부분은 W. 스콧-엘리엇의 저서에서
발췌한 것이었다.
Mainly the notes referenced Atlantis and the Lost Lemuria.
주로 아틀란티스와 사라진 레무리아에 대한 내용이 메모에
언급되어 있었습니다.
The other notes commented on long-surviving secret
societies.
다른 메모들에는 오랫동안 존속해 온 비밀 결사들에 대한 언급이
있었다.
Hidden cults that may or may not still exist somewhere.
어딘가에 아직 존재할 수도 있고, 사라졌을 수도 있는 숨겨진
사이비 종교들.
Two books seemed to provide most of the information;
두 권의 책이 대부분의 정보를 제공하는 것 같았다.
Miss Murray's Witch-Cult in Western Europe.
서유럽에서 벌어진 머레이 양의 마녀 숭배.
This book thoroughly detailed Mythological sources.
이 책은 신화적 자료에 대해 매우 상세하게 기술하고 있다.
And Frazer's Golden Bough provided anthropological
sources.
그리고 프레이저의 『황금가지』는 인류학적 자료를
제공했습니다.

*　*　*

The cuttings largely alluded to outré mental illnesses.
그 기사들은 대체로 기이한 정신 질환을 암시하는 내용이었다.
Outbreaks of group folly and mania in the spring of 1925.
1925년 봄, 집단적인 광기와 광증이 발생했다.
The first half of the manuscript told a very peculiar tale.

원고의 전반부는 매우 특이한 이야기를 담고 있었다.

1925, the 1st of March, a thin dark young man came to my uncle.

1925년 3월 1일, 마르고 검은 머리의 젊은 남자가 삼촌을 찾아왔습니다.

The manuscript describes his neurotic and excited aspect.

원고에는 그의 신경질적이고 흥분된 모습이 묘사되어 있습니다.

And he bore with him the strange bas-relief.

그리고 그는 그 기묘한 부조를 가지고 다녔다.

At that time the bas-relief was exceedingly damp and fresh.

당시 부조는 매우 습하고 신선한 상태였습니다.

His card bore the name of Henry Anthony Wilcox.

그의 명함에는 헨리 앤서니 윌콕스의 이름이 적혀 있었다.

And my uncle had slightly recognized who he was.

그리고 삼촌은 그가 누구인지 어렴풋이 알아차렸습니다.

He was the youngest son of an excellent family.

그는 훌륭한 집안의 막내아들이었다.

Latterly he had been studying sculpture at Rhode Island.

그는 최근 로드아일랜드에서 조각을 공부하고 있었다.

He lived alone at the Fleur-de-Lys Building.

그는 플뢰르 드 리스 빌딩에서 혼자 살았습니다.

His residences were near the university.

그의 거주지는 대학 근처였다.

Wilcox was a precocious youth of known genius.

윌콕스는 천재로 알려진 조숙한 청년이었다.

But he was also known for his great eccentricity.

하지만 그는 또한 매우 괴팍한 성격으로도 유명했습니다.

From childhood he had excited the attention of others.

그는 어린 시절부터 다른 사람들의 관심을 끌었다.

He told of strange stories no one had told him about.

그는 아무도 자신에게 말해주지 않았던 이상한 이야기들을
들려주었다.
And he was in the habit of relating strange dreams.
그는 이상한 꿈 이야기를 자주 하곤 했다.
He described himself as "psychically hypersensitive".
그는 자신을 "정신적으로 매우 예민한 사람"이라고 묘사했다.
But those around him had other descriptions for him.
하지만 주변 사람들은 그를 다르게 묘사했다.
They were staid folk of the ancient commercial city.
그들은 고대 상업 도시의 점잖은 사람들이었다.
And they dismissed him as merely strange and "queer".
그들은 그를 그저 이상하고 "괴짜"라고 치부해 버렸다.
And so he never mingled much with his kind.
그래서 그는 동족들과는 거의 어울리지 않았다.
And he had dropped gradually from social visibility.
그리고 그는 점차 사회적 관심에서 멀어졌다.
Now he is known only to a small group of esthetes.
이제 그는 소수의 미학 애호가들에게만 알려져 있다.
And those who knew him came mostly from other towns.
그를 아는 사람들은 대부분 다른 마을 출신이었다.
Even the Providence art club had found him quite hopeless.
심지어 프로비던스 미술 동호회조차 그에게 희망이 없다고
여겼다.
Of course they were anxious to preserve their conservatism.
당연히 그들은 자신들의 보수주의를 지키고 싶어 안달이 났죠.

***

The professor's manuscript continued to describe the visit.
교수의 원고에는 방문에 대한 내용이 계속해서 묘사되어 있었다.

The sculptor abruptly asked for his host's archeological knowledge.

조각가는 갑자기 주인에게 고고학적 지식을 물었다.

He wanted him to identify the hieroglyphics on the bas-relief.

그는 그에게 부조에 새겨진 상형문자를 해독해 달라고 부탁했다.

He spoke in a dreamy and rather stilted manner.

그는 몽환적이고 다소 어색한 말투로 말했다.

His speech suggested pose and alienated sympathy.

그의 연설은 가식을 드러냈고 동정심을 멀어지게 했다.

And my uncle showed some sharpness in his reply.

그러자 삼촌은 대답에서 다소 날카로운 어조를 보였다.

Because the bas-relief was still conspicuously freshness.

부조가 여전히 눈에 띄게 신선했기 때문입니다.

So there was no need for any kinship with archeology.

그래서 고고학과의 어떤 연관성도 필요하지 않았습니다.

Young Wilcox's rejoinder was of a fantastically poetic cast.

젊은 윌콕스의 대답은 놀랍도록 시적이었다.

My uncle must have been impressed with the reply.

삼촌께서는 그 답변에 감명을 받으셨을 겁니다.

And he recorded the reply of Wilcox verbatim.

그리고 그는 윌콕스의 답변을 한 마디도 빠짐없이 기록했다.

"The bas-relief is indeed still conspicuously fresh."

"부조는 확실히 아직도 눈에 띄게 선명합니다."

"Because I made this bas-relief last night, after a dream."

"어젯밤 꿈에서 본 것을 바탕으로 이 부조를 만들었기 때문입니다."

"A dream of strange cities and stranger people."

"낯선 도시와 더욱 낯선 사람들에 대한 꿈."

"And dreams are older than brooding Tyros."

"그리고 꿈은 고뇌에 찬 티로스보다 더 오래되었다."

"Dreams are older than the contemplative Sphinx."
"꿈은 명상하는 스핑크스보다 더 오래되었다."
"And dreams are older than the garden-girdled Babylon."
"꿈은 정원으로 둘러싸인 바빌론보다 더 오래되었다."
This type of speech turned out to be characteristic of him.
이런 말투는 그의 특징적인 화법으로 드러났다.
It was then that he began that rambling tale.
그때 그는 장황한 이야기를 시작했다.
The tale which suddenly played upon a sleeping memory.
잠들어 있던 기억 속에 갑자기 떠오른 이야기.
The tale that won the fevered interest of my uncle.
그 이야기는 우리 삼촌의 열렬한 관심을 사로잡았습니다.

***

There had been a slight earthquake tremor the night before.
전날 밤에 약한 지진이 발생했었다.
The most considerable tremor New England had felt for some years.
뉴잉글랜드가 수년 만에 느낀 가장 강력한 지진이었다.
Wilcox's imagination had been keenly affected by the earthquake.
윌콕스의 상상력은 지진으로 인해 큰 영향을 받았다.
He had had an unprecedented dream of great Cyclopean cities.
그는 거대한 키클롭스식 도시들에 대한 전례 없는 꿈을 꾸었다.
He dreamed of Titan blocks and sky-flung monoliths.
그는 타이탄의 거대한 돌덩이와 하늘 높이 솟은 거대한 석상들을 꿨다.
All the architecture was dripping with green ooze.
건축물 전체가 초록색 점액으로 뒤덮여 있었다.

And his dreams were sinister with latent horror.

그리고 그의 꿈은 잠재적인 공포로 가득 차 불길했다.

Hieroglyphics had covered the walls and pillars.

벽과 기둥에는 상형문자가 가득 새겨져 있었다.

From somewhere underneath there came a sound.

어딘가 아래쪽에서 소리가 들려왔다.

The sound was of a voice, but it was not a voice.

그 소리는 목소리 같았지만, 목소리가 아니었다.

A chaotic sensation which only fancy could transmute into sound.

상상력만이 소리로 변환시킬 수 있는 혼돈스러운 감각.

He attempted to say the almost unpronounceable word.

그는 거의 발음할 수 없는 그 단어를 말하려고 애썼다.

A jumble of unlikely letters; "Cthulhu fhtagn".

서로 어울리지 않는 글자들이 뒤섞인 "크툴루 프타그".

This verbal jumble was the key to my uncle's recollection.

이 뒤죽박죽된 말이 삼촌의 기억을 되살리는 열쇠였다.

This strange sound excited and disturbed Professor Angell.

이 이상한 소리는 앤젤 교수를 흥분시키면서도 불안하게 만들었다.

He questioned the sculptor with scientific minuteness.

그는 과학적인 세밀함으로 조각가에게 질문했다.

He studied the bas-relief with almost frantic intensity.

그는 거의 광적인 집중력으로 부조를 연구했다.

My uncle blamed his old age, Wilcox afterward said.

윌콕스는 나중에 "삼촌은 나이 탓으로 돌렸다"고 말했다.

In his younger days he would have recognized the hieroglyphics.

젊은 시절이었다면 그는 상형문자를 알아봤을 것이다.

The pictorial design wouldn't have puzzled his sharper mind.

그 그림 같은 디자인은 예리한 그의 머리를 혼란스럽게 하지는
않았을 것이다.
Many of his questions seemed highly out of place to his
visitor.
그의 질문 중 상당수는 방문객에게는 전혀 어울리지 않는 것처럼
보였다.
He tried to connect him to strange mythological cults.
그는 그를 기이한 신화 숭배 집단과 연결시키려 했다.
He tried to get him to admit affiliation to secret societies.
그는 그에게 비밀 결사 단체와의 연관성을 인정하도록 압박하려
했다.
My uncle even promised to keep his visitor's secret.
삼촌은 방문객에 대한 비밀을 지켜주겠다고 약속까지 하셨다.
"Are you not part of a widespread mystical group?"
"당신은 널리 퍼진 신비주의 단체의 일원이 아닌가요?"
"Are you not a member of a paganly religious body?"
"당신은 이교도 종교 단체의 일원이 아닙니까?"
Eventually he became convinced the sculptor wasn't a
member.
결국 그는 그 조각가가 회원이 아니라는 확신을 갖게 되었다.
He was indeed ignorant of any cult or system of cryptic lore.
그는 어떤 종교나 신비주의 체계에 대해서도 전혀 알지 못했다.
He besieged his visitor with demands for future reports of
dreams.
그는 방문객에게 앞으로 꾸는 꿈에 대해 계속해서 알려달라고
요구했다.
This strange request bore regular and interesting fruit.
이 이상한 요청은 규칙적이고 흥미로운 결과를 낳았습니다.

***

After the first interview the manuscript records daily calls.

첫 번째 인터뷰 이후 원고에는 매일 통화 내용이 기록됩니다.

He related startling fragments of nocturnal imagery.

그는 밤에 일어난 일들에 대한 놀라운 단편적인 이미지들을 이야기했다.

There were always the same themes in his dreams.

그의 꿈에는 항상 같은 주제가 반복되었다.

A terrible Cyclopean vista of dark and dripping stone.

어둡고 물방울이 떨어지는 돌로 이루어진 무시무시한 키클롭스풍 풍경.

A subterranean voice or intelligence shouting monotonously.

지하에서 들려오는 목소리 또는 지성이 단조롭게 외치는 소리.

Two sounds seemed to repeat themselves in his dreams.

그의 꿈속에서 두 가지 소리가 반복되는 듯했다.

But these sounds were as enigmatic as the other sounds.

하지만 이 소리들은 다른 소리들만큼이나 불가사의했다.

The sounds can only be rendered by the letters "Cthulhu" and "R'lyeh".

이 소리는 "크툴루"와 "르라이예"라는 글자로만 표현할 수 있습니다.

On March 23rd, the manuscript continued, Wilcox failed to come.

원고는 3월 23일에 윌콕스가 오지 않았다고 덧붙였다.

My uncle made inquiries at the quarters of his whereabouts.

삼촌은 그의 행방을 알아보기 위해 숙소에 문의했다.

That night he had been stricken with an obscure sort of fever.

그날 밤 그는 원인을 알 수 없는 열병에 걸렸다.

And he was taken to the home of his family in Waterman Street.

그리고 그는 워터맨 거리에 있는 가족의 집으로 옮겨졌습니다.

That night he had cried out in one of his dreams.

그날 밤 그는 꿈속에서 울음을 터뜨렸다.

His cries aroused several other artists in the building.

그의 외침에 건물 안에 있던 다른 예술가 몇 명이 깨어났다.

And he was between alternations of unconsciousness and delirium.

그는 의식불명과 섬망 상태를 오갔다.

My uncle at once telephoned the family of Wilcox.

삼촌은 곧바로 월콕스 가족에게 전화를 걸었습니다.

And from that time forward he kept close watch of the case.

그때부터 그는 그 사건을 면밀히 주시했다.

He called often at the Thayer Street office of Dr. Tobey.

그는 세이어 스트리트에 있는 토비 박사의 사무실에 자주 들렀다.

Dr. Tobey was in charge of the patient's condition.

토비 박사가 환자의 상태를 담당했습니다.

The youth's febrile mind was dwelling on strange things.

그 젊은이의 들뜬 마음은 이상한 생각들로 가득 차 있었다.

The doctor shuddered now and then as he spoke of the dreams.

의사는 꿈에 대해 이야기하면서 때때로 몸을 떨었다.

The dreams repeated a lot of the earlier themes.

꿈에서는 이전 꿈들의 주제가 많이 반복되었다.

But now his dreams made mention of something new.

하지만 이제 그의 꿈에는 새로운 무언가가 언급되었다.

A gigantic thing "a miles high" which walked, or lumbered about.

수 마일 높이의 거대한 물체가 걸어 다니거나, 육중하게 움직였다.

He at no time fully described this object in any detail.

그는 이 물체를 어떤 세부 사항에 대해서도 완전히 묘사한 적이
없다.

But Dr. Tobey relayed the frantic words of his patient.

하지만 토비 박사는 환자의 절박한 말을 전했습니다.

And the professor became increasingly certain of what it
was.

그리고 교수는 그것이 무엇인지 점점 더 확신하게 되었다.

The nameless monstrosity he had sought to depict in his
sculpture.

그가 조각품으로 묘사하고자 했던 이름 없는 괴물.

The doctor had mentioned the bas-relief he had made.

의사는 자신이 만든 부조에 대해 언급했었다.

This mention preludes the young man's subsidence into
lethargy.

이 언급은 젊은이가 무기력에 빠져들기 시작함을 예고한다.

His temperature, oddly enough, was not greatly above
normal.

이상하게도 그의 체온은 정상보다 크게 높지 않았다.

But his general condition suggested he was in a fever.

하지만 그의 전반적인 상태는 열이 있는 것으로 보였다.

A fever, as opposed to being in the grasp of a mental
disorder.

정신 질환에 걸린 것과는 달리, 발열 증상일 뿐입니다.

***

On April 2nd at about 3 p.m. the fever came to an end.

4월 2일 오후 3시경 열이 내렸습니다.

Every trace of Wilcox's malady suddenly ceased.

윌콕스의 병세는 갑자기 완전히 사라졌다.

He sat upright in bed as if waking up from regular sleep.

그는 마치 평소처럼 잠에서 깨어난 듯 침대에 똑바로 앉았다.

He was astonished to find himself at his parents' home.

그는 자신이 부모님 댁에 와 있는 것을 보고 깜짝 놀랐다.

And he was completely ignorant of what had happened.

그는 무슨 일이 일어났는지 전혀 몰랐다.

Neither dream nor reality had made an impression on his mind.

꿈도 현실도 그의 마음에 아무런 감흥을 주지 못했다.

Dr. Tobey pronounced him fit to be dismissed from his care.

토비 박사는 그가 자신의 진료에서 퇴원해도 될 만큼 건강하다고 판단했다.

And he returned to his quarters three days later.

그리고 그는 사흘 후에 자신의 숙소로 돌아갔다.

But to Professor Angell he was of no further assistance.

하지만 그는 앤젤 교수에게 더 이상의 도움을 주지 못했다.

All traces of strange dreaming had vanished with his recovery.

그가 회복되면서 이상한 꿈의 흔적은 모두 사라졌다.

For a week he recounted irrelevant and thoroughly usual visions.

그는 일주일 동안 관련성이 없고 지극히 평범한 환상들을 이야기했다.

And my uncle kept no further record of his night-thoughts.

그리고 삼촌은 그 후로 밤에 했던 생각들을 더 이상 기록하지 않았다.

At this point the first part of the manuscript ended.

이 시점에서 원고의 첫 번째 부분이 끝났습니다.

But my research was still anything but concluded.

하지만 제 연구는 아직 끝나지 않았습니다.

References to scattered notes helped piece things together.

흩어져 있던 메모들을 참고하여 사건의 전말을 맞춰나갈 수
있었다.
And there was more than enough material for thought.
그리고 생각할 거리는 충분히 많았습니다.
My distrust of the artist had still not subsided.
그 예술가에 대한 나의 불신은 여전히 가라앉지 않았다.
But this was largely a result of my ingrained skepticism.
하지만 이는 상당 부분 내 뿌리 깊은 회의주의 때문이었다.
The notes described the dreams of various persons.
그 메모에는 여러 사람의 꿈에 대한 내용이 적혀 있었다.
These dreams all occurred while young Wilcox was in his
fever.
이 꿈들은 모두 어린 윌콕스가 열에 시달리던 중에 꾸었던
꿈들입니다.
My uncle, it seems, wasted no time in collecting the data.
삼촌은 자료 수집에 조금도 시간을 낭비하지 않은 것 같습니다.
He had quickly instituted a prodigiously far-flung body of
inquiries.
그는 엄청나게 광범위한 조사에 신속하게 착수했다.
Any friend that didn't show impertinence he questioned.
그는 무례한 태도를 보이지 않는 친구라면 누구든 의심했다.
He requested from them nightly reports of their dreams.
그는 그들에게 매일 밤 꿈에 대해 이야기해 달라고 요청했다.
And he asked if they had had any notable visions of late.
그리고 그는 그들에게 최근에 특별한 환상을 본 적이 있는지
물었다.
The reception of his request seems to have been varied.
그의 요청에 대한 반응은 다양했던 것 같다.
But there was certainly no shortage in replies.
하지만 답변은 확실히 부족하지 않았습니다.
No ordinary man could have handled the replies alone.

보통 사람이라면 혼자서 그 답변들을 처리할 수 없었을 것이다.
The original correspondences were not preserved.
원래의 서신들은 보존되지 않았습니다.
But his notes formed a thorough and significant digest.
하지만 그의 메모는 철저하고 중요한 요약본을 이루었습니다.

***

Initially he had approached average people in society.
그는 처음에는 사회의 평범한 사람들에게 접근했다.
New England's traditional "salt of the earth".
뉴잉글랜드의 전통적인 "소박하고 정직한 사람".
But this group gave an almost completely negative result.
하지만 이 그룹은 거의 완전히 부정적인 결과를 내놓았습니다.
Though there were some exceptions to this group too.
물론 이 그룹에도 예외는 몇 가지 있었다.
Scattered cases of uneasy but formless nocturnal impressions.
불안하지만 형체가 없는 야간 인상이 드문드문 나타난다.
Their reports were always between March 23rd and April 2nd.
그들의 보고서는 항상 3월 23일에서 4월 2일 사이에 제출되었습니다.
This aligned with the same period of young Wilcox's delirium.
이는 어린 윌콕스가 섬망 증세를 보였던 시기와 일치합니다.
Men of science had been only a little more affected.
과학자들은 그보다 조금 더 영향을 받았을 뿐이었다.
Though four cases of vague description were of interest.
설명이 모호한 네 건의 사례가 흥미로웠습니다.
They had had fugitive glimpses of strange landscapes.

그들은 낯선 풍경들을 어렴풋이 엿보았었다.

And in one case a dread of something abnormal was mentioned.

그리고 한 사례에서는 비정상적인 일에 대한 두려움이 언급되었습니다.

It was from the artists and poets that the pertinent answers came.

예술가와 시인들에게서 비로소 적절한 해답이 나왔다.

It is a blessing no one had been able to compare notes.

서로 의견을 나눌 기회가 없었던 건 오히려 다행이었다.

Panic would have broken loose had they shared their visions.

그들이 자신들의 환상을 공유했다면 공황 상태가 벌어졌을 것이다.

This, however, did not dispel my ingrained skepticism.

하지만 이것은 내 뿌리 깊은 회의감을 없애지는 못했다.

Others might have come to mythical conclusions much quicker.

다른 사람들은 훨씬 더 빨리 신화적인 결론에 도달했을지도 모릅니다.

But the original letters were lacking from the notes.

하지만 그 메모에는 원본 편지가 빠져 있었습니다.

I half suspected the compiler of having asked leading questions.

나는 문제집 작성자가 유도 질문을 했을지도 모른다고 반쯤 의심했다.

Or perhaps the correspondences weren't entirely original.

어쩌면 그 서신들은 완전히 독창적인 것이 아니었을지도 모릅니다.

Perhaps my uncle had resolved to confirm Wilcox's dreams.

어쩌면 삼촌은 윌콕스의 꿈을 현실로 만들어주기로 결심했던
것일지도 모른다.
That is why I continued to feel suspicious of the sculptor.
그래서 나는 그 조각가에 대해 계속해서 의심을 품었다.
Perhaps he was still cognizant of my uncle's old data.
어쩌면 그는 여전히 삼촌의 예전 자료를 기억하고 있었을지도
모릅니다.
Perhaps he had been imposing on the veteran scientist.
어쩌면 그는 노련한 과학자에게 폐를 끼쳤을지도 모른다.
Nonetheless, the corroborating data had to be investigated.
그럼에도 불구하고, 이를 뒷받침하는 자료에 대한 조사가
필요했다.

***

The responses from the esthetes told a disturbing tale.
미학 애호가들의 반응은 충격적인 사실을 드러냈다.
From February 28th to April 2nd their dreams aligned.
2월 28일부터 4월 2일까지 그들의 꿈이 하나로 합쳐졌습니다.
And a large proportion of them had dreamed very bizarre
things.
그리고 그들 중 상당수는 매우 기이한 꿈을 꾸었다.
The timing of the intensity of their dreams was also of
interest.
그들이 꾸는 꿈의 강도가 나타나는 시점 또한 흥미로운
부분이었다.
The period of the sculptor's delirium marked a highpoint.
조각가의 광란의 시기는 그의 작품 활동의 절정기였다.
The intensity of their dreams were immeasurably the
stronger.

그들의 꿈의 강렬함은 헤아릴 수 없을 정도로 더 강렬했다.

Over a quarter reported unfamiliar and unpronounceable sounds.

응답자의 4분의 1 이상이 낯설고 발음하기 어려운 소리라고 답했습니다.

Noises not dissimilar to what Wilcox had also described.

윌콕스가 묘사했던 것과 크게 다르지 않은 소음이었다.

Some described highly elaborate and impossible architecture.

어떤 이들은 매우 정교하고 불가능한 건축물을 묘사했습니다.

And some of the dreamers confessed to an acute fear.

그리고 꿈을 꾼 사람들 중 일부는 극심한 두려움을 느꼈다고 고백했습니다.

Like Wilcox, they had seen some gigantic nameless thing.

윌콕스와 마찬가지로 그들도 거대하고 이름 없는 무언가를 목격했다.

One case, which the note describes with emphasis, was very sad.

메모에 강조되어 있는 한 사례는 매우 슬펐습니다.

The subject was a widely known architect of the region.

그 인물은 그 지역에서 널리 알려진 건축가였다.

He too had leanings toward theosophy and occultism.

그 역시 신지학과 신비주의에 관심을 가지고 있었다.

This man went violently insane on March the 22nd.

이 남자는 3월 22일에 극심한 정신 이상을 일으켰습니다.

The exact same date of young Wilcox's seizure.

어린 윌콕스가 발작을 일으켰던 바로 그 날짜였다.

He expired several months later, after incessant screaming.

그는 몇 달 후 끊임없는 비명을 지르다 결국 숨을 거두었다.

He begged to be saved from some escaped denizen of hell.

그는 지옥에서 탈출한 어떤 악령으로부터 자신을 구해달라고
애원했다.

Regrettably, my uncle did not refer to these cases by name.
유감스럽게도 삼촌은 이 사건들을 구체적으로 언급하지
않으셨습니다.

Instead, all studies were given nothing more than a number.
대신 모든 연구 결과에는 숫자 하나만 부여되었습니다.

This way I was limited in attempting any personal
investigation.
이 때문에 저는 개인적인 조사를 시도하는 데 제약을 받았습니다.

And corroborating the evidence further was demanding.
그리고 증거를 더욱 확증하는 것은 어려운 일이었다.

But finally I did succeed in tracing down some cases.
하지만 결국 몇몇 사건들을 추적하는 데 성공했습니다.

I should have trusted the notes from my uncle.
삼촌이 써주신 쪽지를 믿었어야 했는데.

They reported their dreams true to their reports.
그들은 자신들의 꿈이 보고서에 적힌 내용과 일치한다고
보고했다.

I have often wondered what they thought the questioning
meant.
나는 그들이 그 질문의 의미를 어떻게 생각했을지 종종
궁금해했다.

It is for the best that no explanation shall ever reach them.
그들에게 어떤 설명도 전해지지 않는 것이 오히려 다행일 것이다.

***

As I have mentioned, my uncle also collected press
clippings.

앞서 언급했듯이, 제 삼촌도 신문 기사를 수집했습니다.

These press clippings corresponded to the dates in question.

이 신문 기사들은 문제의 날짜들과 일치했습니다.

The sources were scattered throughout the globe.

정보의 출처는 전 세계에 흩어져 있었다.

Professor Angell must have employed a cutting bureau.

앤젤 교수는 분명 편집부를 고용했을 것이다.

Because the number of extracts was tremendous.

추출물의 수가 엄청나게 많았기 때문입니다.

There was a parallel to this part of his research.

그의 연구 중 이 부분과 유사한 점이 있었다.

Cases of panic, mania, and eccentricity.

공황장애, 조증, 그리고 기행 사례.

One case was a nocturnal suicide in London.

한 사건은 런던에서 발생한 야간 자살 사건이었다.

A lone sleeper had leaped from a window after a shocking cry.

혼자 자던 한 남성이 충격적인 비명 소리를 듣고 창문에서 뛰어내렸다.

A rambling letter to the editor of a paper in South America.

남미 신문 편집자에게 보낸 두서없는 편지.

A fanatic deduces a dire future from visions he had had.

한 광신자는 자신이 본 환영을 통해 암울한 미래를 예견한다.

A dispatch from California describes a theosophist colony.

캘리포니아에서 온 한 소식통은 신지학자 공동체에 대해 묘사하고 있습니다.

They donned white robes en masse for some "glorious fulfilment".

그들은 어떤 "영광스러운 성취"를 위해 일제히 흰색 예복을 입었다.

Although that "glorious fulfilment" never arose.

비록 그 "영광스러운 성취"는 결코 이루어지지 않았지만
말입니다.

There seems to be serious unrest from the natives in India.
인도 원주민들 사이에 심각한 소요 사태가 벌어지고 있는 것
같습니다.

Voodoo orgies multiplied in Haiti.
아이티에서 부두교 난교가 급증했다.

African outposts report ominous mutterings.
아프리카 외딴 기지에서 불길한 속삭임이 들려온다는 보고가
있다.

**American officers in the Philippines find certain tribes
bothersome.**
필리핀에 주둔하는 미군 장교들은 특정 부족들을 골칫거리로
여긴다.

New York policemen are mobbed by hysterical Levantines.
뉴욕 경찰들이 히스테리를 부리는 레반트인들에게 둘러싸였다.

This occurred exactly on the night of March 22-23.
이 사건은 정확히 3월 22일 밤에서 23일 새벽 사이에
발생했습니다.

**The west of Ireland, too, was full of wild rumor and
legendry.**
아일랜드 서부 지역 역시 근거 없는 소문과 전설로 가득 차
있었다.

**A fantastic painter named Ardois-Bonnot made the news in
France.**
아르두아-보노라는 훌륭한 화가가 프랑스에서 화제가
되었습니다.

**He hung a blasphemous dream landscape in the Paris spring
salon.**
그는 파리의 봄 살롱에 신성모독적인 몽환적인 풍경화를 걸었다.

The recorded troubles in insane asylums were immeasurable.

정신병원에서 기록된 문제점들은 헤아릴 수 없을 정도로 많았다.

A miracle must have kept the medical fraternities unsuspecting.

의료계가 전혀 눈치채지 못한 것은 기적에 가까웠음에 틀림없다.

But they never noted the strange parallelisms of the cases.

하지만 그들은 사건들 사이의 이상한 유사점을 전혀 알아차리지 못했습니다.

Else they too would have come to mystified conclusions.

그렇지 않았다면 그들 역시 당혹스러운 결론에 도달했을 것이다.

I must confess these were indeed a set of weird paper cuttings.

솔직히 말해서, 이것들은 정말 이상한 종이 오려내기 작품들이었어요.

My uncle had put forward a convincing argument.

삼촌은 설득력 있는 주장을 펼쳤다.

I can't explain how I set the evidence aside.

제가 어떻게 증거를 없앴는지 설명할 수 없습니다.

But my callous rationalism took the upper hand.

하지만 냉혹한 합리주의가 결국 승리했다.

And I was still suspicious of the young sculptor, Wilcox.

그리고 나는 여전히 젊은 조각가 윌콕스를 의심했다.

He must have known of the older matters mentioned by the professor.

그는 교수가 언급한 과거의 사건들을 알고 있었음이 분명하다.

The Tale of Inspecter Legrasse
르그라스 경감 이야기

Let me turn your attention away from the young sculptor.

젊은 조각가에게서 여러분의 시선을 돌려드리겠습니다.

And let us focus on the second half of the manuscript.

이제 원고의 후반부에 집중해 보겠습니다.

A few dreams alone would not have been so significant.

단순히 몇 가지 꿈만 꿨다면 그렇게 큰 의미는 없었을 것이다.

The bas-relief could have been dismissed as a hoax.

그 부조는 가짜로 치부될 수도 있었다.

But my uncle had previously been primed to take interest.

하지만 삼촌은 이미 이전부터 관심을 가질 준비가 되어
있었습니다.

Wilcox's dream seemed to have a link to past events.

윌콕스의 꿈은 과거 사건들과 연관이 있는 듯했다.

It wasn't the first time that he had heard that word.

그가 그 단어를 들은 것은 이번이 처음이 아니었다.

The ominous syllables perhaps written as "Cthulhu".

그 불길한 음절들은 아마도 "크툴루"라고 쓰여진 것일지도
모릅니다.

He had seen and heard of similar descriptions before.

그는 이와 유사한 설명을 전에도 보고 들은 적이 있었다.

The hellish outlines of the nameless monstrosity.

이름 없는 괴물의 끔찍한 윤곽.

He had previously puzzled over the same hieroglyphics.

그는 이전에도 같은 상형문자를 해독하느라 애썼다.

All this produced a horrible connection of events.

이 모든 것이 끔찍한 사건의 연쇄 반응을 일으켰습니다.

It is no wonder he pursued young Wilcox with queries.

그가 젊은 윌콕스에게 끊임없이 질문을 퍼부은 것도 놀랄 일이
아니다.
And we must not be surprised he interrogated Wilcox so.
그가 윌콕스를 그렇게 심문한 것에 대해 우리는 놀라서는 안
됩니다.
This earlier experience had come in the year of 1908.
이 초기 경험은 1908년에 있었다.
Seventeen years before Wilcox came to my great-uncle.
윌콕스가 우리 외삼촌을 찾아오기 17년 전이었다.
The archeological society were meeting in St. Louis.
고고학회가 세인트루이스에서 회의를 열고 있었다.
Professor Angell had a prominent part in the deliberations.
앤젤 교수는 심의 과정에서 중요한 역할을 담당했습니다.
His responsibilities befitted one of his authority.
그의 책임은 그의 권위에 걸맞았다.
He was one of the first to be approached by several
outsiders.
그는 여러 외부인들에게 접근을 받은 첫 번째 인물 중 한
명이었다.
They took advantage of the convocation to offer questions.
그들은 소집 기간을 이용하여 질문을 했습니다.
They hoped for correct answering from an expert.
그들은 전문가로부터 정확한 답변을 기대했다.
They each had very peculiar types of problems.
그들은 각자 매우 특이한 유형의 문제를 가지고 있었습니다.
And they required very different types of solutions.
그리고 그들은 매우 다른 유형의 해결책을 필요로 했습니다.
The chief of these was a common-looking middle-aged man.
이들 중 우두머리는 평범하게 생긴 중년 남성이었다.
And he quickly became the meeting's focus of interest.

그리고 그는 순식간에 회의 참석자들의 관심의 중심이 되었다.

***

He had traveled to St. Louis all the way from New Orleans.
그는 뉴올리언스에서 세인트루이스까지 먼 길을 여행해 왔다.
He had come to the meeting for special information.
그는 특별한 정보를 얻기 위해 회의에 참석했다.
Knowledge that could not be unobtained from local source.
현지 출처에서 얻을 수 없는 지식.
His name was John Raymond Legrasse, police inspector.
그의 이름은 존 레이먼드 레그라스였고, 경찰관이었다.
He bore with him the mysterious subject of his inquiries.
그는 그 불가사의한 연구 주제를 마음속에 간직한 채 나아갔다.
A grotesque and apparently very ancient stone statuette.
기괴하고 아주 오래되어 보이는 석상.
A statuette whose origin no one had been able to determine.
그 출처를 아무도 밝혀낼 수 없었던 작은 조각상.
But don't assume Inspector Legrasse was an archeologist.
하지만 르그라스 경감이 고고학자였다고 단정짓지는 마세요.
He had very little interest in archeology, nor mythology.
그는 고고학이나 신화에 거의 관심이 없었다.
His wish for enlightenment had rather different
motivations.
그가 깨달음을 갈망한 데에는 다소 다른 동기가 있었다.
He was prompted to come by purely professional
considerations.
그는 순전히 직업적인 이유로 이곳에 오게 되었습니다.
The statuette had been captured as part of a police raid.
그 조각상은 경찰의 급습 과정에서 압수된 것이었다.
Although whether it was even a statuette wasn't determined.

그것이 조각상이었는지조차 확인되지 않았다.

It could also have been an idol, magic fetish, or charm.

그것은 우상이나 마법 부적, 혹은 행운의 상징물이었을 수도 있습니다.

Whatever it was, it had been captured some months previously.

그것이 무엇이었든 간에, 몇 달 전에 포획된 것이었다.

A meeting was being held in the wooded swamps of New Orleans.

뉴올리언스의 숲이 우거진 습지에서 회의가 열리고 있었다.

The police had been tipped of about a supposed voodoo meeting.

경찰은 주술 의식이 거행될 것이라는 제보를 받았다.

Strange and hideous rites connected with the voodoo circle.

부두교와 관련된 기괴하고 끔찍한 의식들.

The police could not but realize what they had stumbled on.

경찰은 자신들이 무엇을 발견했는지 깨닫지 않을 수 없었다.

A dark cult previously totally unknown to the authorities.

지금까지 당국에 전혀 알려지지 않았던 비밀스러운 사이비 종교 집단.

Infinitely more sinister than what an outsider could expect.

외부인이 예상할 수 있는 것보다 훨씬 더 불길하다.

More diabolic than the blackest of the African voodoo circles.

아프리카 부두교 중에서도 가장 사악한 종교보다 더 악마적이다.

Unbelievable tales were extorted from the captured cult members.

붙잡힌 종교 신도들에게서 믿기 힘든 이야기들을 강제로 끌어냈다.

But nothing of the relic's origin could be discovered.

하지만 그 유물의 출처는 전혀 밝혀낼 수 없었다.

Hence the anxiety of the police for any antiquarian lore.
그러므로 경찰은 고대 지식에 관한 어떤 단서라도 경계하는
것이다.
Ancient mythology might explain the frightful symbol.
고대 신화가 그 무시무시한 상징을 설명해 줄지도 모릅니다.
Deeper knowledge could perhaps track the fountain-head.
더 깊이 있는 지식을 통해 그 근원을 추적할 수 있을지도
모릅니다.
Inspector Legrasse was not prepared for the excitement he created.
르그라스 경감은 자신이 일으킨 소동에 전혀 대비하지 못했다.
One sight of the mysterious object was all that was required.
그 불가사의한 물체를 한 번 본 것만으로도 충분했다.
The assembled men of science were filled with curiosity.
모인 과학자들은 호기심으로 가득 차 있었다.
They lost no time in crowding closely around the inspector.
그들은 지체 없이 조사관 주위에 빽빽하게 몰려들었다.
And they all tried to get the best look at the diminutive figure.
그들은 모두 그 왜소한 형체를 가장 잘 보려고 애썼다.

＊

The genuinely abysmal antiquity inspired wild imagination.
참으로 암울했던 고대는 엄청난 상상력을 불러일으켰다.
The strangeness hinted so potently at unopened and archaic vistas.
그 낯설음은 미지의 고대 풍경을 강렬하게 암시했다.
No recognized school of sculpture had animated this terrible object.

어떤 공인된 조각 학파도 이 끔찍한 물체에 생명을 불어넣지
못했습니다.
Yet centuries seemed recorded in the dim and greenish
surface.
하지만 희미하고 푸르스름한 표면에는 마치 수 세기의 기록이
담겨 있는 듯했다.
Perhaps thousands of years were hidden in this unplaceable
stone.
어쩌면 이 정체불명의 돌 속에 수천 년의 역사가 숨겨져 있을지도
모릅니다.
The figurine was finally passed slowly from man to man.
마침내 그 인형은 한 사람 한 사람에게 천천히 전달되었다.
Each scientist carefully studied the strange markings of the
stone.
각 과학자는 돌에 새겨진 이상한 무늬를 세심하게 연구했다.
The work was between seven and eight inches in height.
그 작품의 높이는 7인치에서 8인치 사이였습니다.
And the exquisite artistic workmanship must be noted.
그리고 정교한 예술적 솜씨는 반드시 주목해야 합니다.
The carvings represented a monster of vaguely anthropoid
outline.
조각품들은 어렴풋이 사람의 형체를 닮은 괴물을 묘사하고
있었다.
On the face of the octopus-esque head was a mass of feelers.
문어처럼 생긴 머리에는 촉수가 빽빽하게 나 있었다.
Prodigious claws on hind and fore feet protruded from the
body.
뒷발과 앞발에는 몸 밖으로 튀어나온 거대한 발톱이 있었다.
The bloated corpulence had a rubbery looking quality to it.
부풀어 오른 비만은 고무처럼 탄력 있어 보였다.

And from behind the rubbery body came out two narrow wings.

그리고 고무 같은 몸체 뒤쪽에서 가느다란 날개 두 개가 튀어나왔다.

It would be instinctual to think of this thing as fearsome.

본능적으로 이것을 무서운 것으로 생각할 것이다.

There was an unnatural malignancy to the aura of the creature.

그 생명체의 기운에는 비정상적인 악의가 감돌았다.

The gargantuan squatted evilly on a rectangular block.

그 거대한 괴물은 직사각형 블록 위에 사악하게 웅크리고 앉아 있었다.

The pedestal it was on was covered with undecipherable characters.

그것이 놓여 있던 받침대에는 해독할 수 없는 문자들이 가득했다.

The tips of the wings touched the back edge of the block.

날개 끝이 블록의 뒷 가장자리에 닿았다.

The creature was sitting on the middle of the giant block.

그 생물은 거대한 블록 한가운데에 앉아 있었다.

Its legs were doubled up under its monstrous body.

그 괴물의 다리는 몸 아래로 두 겹으로 접혀 있었다.

The long, curved claws gripped the front edge of the cliff.

길고 구부러진 발톱이 절벽 앞쪽 가장자리를 움켜쥐었다.

The cephalopod head was bent forward, observing its kingdom.

두족류는 머리를 앞으로 구부린 채 자신이 속한 왕국을 관찰하고 있었다.

The ends of the facial feelers brushed the backs of huge forepaws.

얼굴 촉수 끝이 거대한 앞발 뒤쪽을 스쳤다.

And the forepaws clasped the croucher's elevated knees.

그리고 앞발은 웅크린 자세의 들어 올려진 무릎을 움켜쥐었다.

The appearance of the grotesque scene was abnormally lifelike.

그 기괴한 장면의 모습은 비정상적으로 생생했다.

But this lifelike quality only added a subtle reason to be more fearful.

하지만 이러한 실감나는 모습은 오히려 두려움을 더욱 부추기는 미묘한 이유가 되었습니다.

Because we knew nothing about the source of the depiction.

우리는 그 그림의 출처에 대해 아무것도 몰랐기 때문입니다.

The creature's vast, awesome, and incalculable age was unmistakable.

그 생명체의 거대하고 경외롭고 헤아릴 수 없는 나이는 틀림없었다.

But not one link did the depiction show with any known type of art.

하지만 그 묘사는 알려진 어떤 예술 유형과도 연관성을 보여주지 않았습니다.

Not even the earliest civilizations made reference to this creature.

가장 오래된 문명조차도 이 생물에 대해 언급하지 않았습니다.

But that is not the only point at which our knowledge failed us.

하지만 우리의 지식이 부족했던 지점은 그것만이 아닙니다.

***

The mineralogy of the stone was also a complete mystery.

그 돌의 광물학적 구성 또한 완전히 불가사의했다.

Gold specks dotted the soapy, greenish-black stone.

비누 거품처럼 반짝이는 녹흑색 돌 위에 금빛 반점들이 촘촘히 박혀 있었다.

Iridescent striations ran along the length of the stone.

돌의 길이를 따라 무지갯빛 줄무늬가 나 있었다.

In short, the stone resembled nothing within mineralogy.

간단히 말해서, 그 돌은 광물학적으로 어떤 것과도 닮지 않았다.

Geologists hadn't been able to identify the stone either.

지질학자들도 그 돌의 정체를 밝혀내지 못했다.

The hieroglyphs along the stone were equally baffling.

돌에 새겨진 상형문자 역시 이해하기 어려웠다.

The writing system was horribly different than other scripts.

그 문자 체계는 다른 문자 체계들과는 끔찍하게 달랐다.

A representation of half the world's leading experts was present.

세계 최고 전문가들의 절반에 해당하는 대표단이 참석했다.

But no link to any known writing system could be established.

하지만 알려진 어떤 문자 체계와도 연관성을 찾을 수 없었습니다.

Everything frightfully suggested an old and unhallowed cycle of life.

모든 것이 섬뜩하게도 오래되고 불경스러운 삶의 순환을 암시했다.

A history in which our world and our conceptions played no part.

우리의 세계와 우리의 관념이 전혀 개입하지 않은 역사.

The experts shook their heads, admitting they had been defeated.

전문가들은 고개를 저으며 패배를 인정했다.

But one expert did not give up quite so quickly.

하지만 한 전문가는 그렇게 쉽게 포기하지 않았습니다.

He claimed to have a touch of bizarre familiarity with the subject.

그는 자신이 그 주제에 대해 기묘할 정도로 잘 알고 있다고
주장했다.
**The monstrous shape and writing weren't entirely new to
him.**
그 기괴한 형태와 글씨는 그에게 완전히 새로운 것은 아니었다.
With some diffidence he told of the odd trifle he knew.
그는 다소 수줍어하며 자신이 알고 있는 사소한 이야기 몇 가지를
들려주었다.
This person was the late William Channing Webb.
이분은 바로 고(故) 윌리엄 채닝 웹이었습니다.
He was professor of anthropology in Princeton University.
그는 프린스턴 대학교의 인류학 교수였습니다.
And he was an explorer of no small significance.
그는 결코 작지 않은 중요성을 지닌 탐험가였습니다.

***

**Forty-eight years ago he was exploring Greenland and
Iceland.**
48년 전 그는 그린란드와 아이슬란드를 탐험하고 있었습니다.
His group were in search of some Runic inscriptions.
그의 일행은 룬 문자 비문을 찾고 있었다.
But the expedition failed to unearth any inscriptions.
하지만 탐험대는 아무런 비문도 발굴하지 못했습니다.
They trekked the heights of West Greenland's coasts.
그들은 서부 그린란드 해안의 높은 지대를 트레킹했다.
Here they encountered a strange cult of degenerate Eskimos.
그곳에서 그들은 타락한 에스키모인들의 기이한 종교 집단을
만났다.
Their religion consisted of a form of devil-worship.

그들의 종교는 일종의 악마 숭배였다.
And their rituals were deliberately bloodthirsty and repulsive.
그리고 그들의 의식은 의도적으로 잔혹하고 혐오스러웠습니다.
It was a faith of which other Eskimos knew little.
다른 에스키모인들은 그 신앙에 대해 거의 알지 못했다.
Locals shuddered at the mention of their practices.
지역 주민들은 그들의 관행이 언급되자 몸서리쳤다.
They said their believes came from horribly ancient eons.
그들은 자신들의 믿음이 아주 먼 옛날부터 이어져 내려온 것이라고 말했다.
A time before the world as we know it now had ever been made.
우리가 지금 알고 있는 세상이 만들어지기 이전의 시대.
There were human sacrifices and queer hereditary rituals.
인신 제사와 기이한 세습 의식이 있었다.
And all their worship was directed at a supreme tornasuk.
그리고 그들의 모든 숭배는 최고신 토르나수크에게 향했다.
Professor Webb had taken a phonetic copy from an aged angekok.
웹 교수는 나이 든 앙게콕에게서 음성학적 사본을 얻었다.
He had transcribed the wizard-priest's chants as best he could.
그는 마법사 사제의 주문을 최대한 정확하게 받아 적었다.
But currently these transcriptions weren't of prime significance.
하지만 현재로서는 이러한 녹취록은 그다지 중요하지 않았습니다.
The cult had a cherished stone that they worshipped.
그 종교 집단은 자신들이 숭배하는 소중한 돌을 가지고 있었다.
They danced wildly when the aurora leaped over the ice cliffs.

오로라가 얼음 절벽 위로 솟아오르자 그들은 열광적으로 춤을
추었다.

And in the midst of their dance was the strange stone.

그리고 그들의 춤 한가운데에 이상한 돌이 있었다.

It was, the professor stated, a very crude bas-relief of stone.

교수는 그것이 매우 조잡한 석조 부조라고 말했다.

The stone comprised a hideous picture and some cryptic
writing.

그 돌에는 끔찍한 그림과 수수께끼 같은 글귀가 새겨져 있었다.

And as far as he could tell this stone was a rough parallel.

그가 보기에 이 돌은 대략적인 평행선이었다.

The stone had all the same essential features of bestial
things.

그 돌은 짐승들이 가진 모든 본질적인 특징을 지니고 있었다.

The scientists received this data with suspense and
astonishment.

과학자들은 이 데이터를 접하고 긴장과 놀라움을 금치 못했다.

Even Inspector Legrasse had quickly gained an interest in
mythology.

레그라스 경감조차도 금세 신화에 관심을 갖게 되었다.

And he began at once to ply his informant with questions.

그는 곧바로 정보원에게 질문을 쏟아내기 시작했다.

He had notes of the oral ritual of the cult-worshipers in the
swamp.

그는 늪지대 숭배자들의 구전 의식에 대한 기록을 가지고 있었다.

He besought the professor to remember the diabolist
Eskimos' chants.

그는 교수에게 악마 숭배자 에스키모인들의 주문을 기억해
달라고 간청했다.

There then followed an exhaustive comparison of details.

그 후 세부 사항에 대한 철저한 비교가 이어졌습니다.

And there then followed a moment of really awed silence.

그러자 잠시 동안 경외감에 휩싸인 침묵이 흘렀다.
The Eskimo wizards and the Louisiana swamp-priests were worlds apart.
에스키모 마법사들과 루이지애나 늪지대 사제들은 완전히 다른 세계에 살고 있었다.
And yet there was a phrase the two hellish rituals had in common.
하지만 그 두 끔찍한 의식에는 공통된 구절이 하나 있었다.
"Ph'nglui mglw'nafh Cthulhu R'lyeh wgah'nagl fhtagn."
프놀루이 믈글루'나프 크툴루 르'예 웨가흐'나글 프타그.

***

Legrasse had one advantage over Professor Webb.
레그라세는 웹 교수보다 한 가지 유리한 점이 있었다.
He had spoken to several of his mongrel prisoners.
그는 자신이 잡종 포로로 잡은 몇몇 사람들과 이야기를 나눴다.
Some of them had passed on the phrase's meaning.
그들 중 일부는 그 문구의 의미를 전수했다.
"In his house at R'lyeh dead Cthulhu waits dreaming."
"르라이예에 있는 그의 집에서 죽은 크툴루는 꿈을 꾸며 기다리고 있다."
So the attention turned back to Inspector Legrasse.
그리하여 관심은 다시 레그라스 경감에게 쏠렸다.
And he was probed with many disconnected questions.
그리고 그는 서로 관련 없는 여러 질문들을 받았습니다.
He detailed his experience with the worshipers from the swamp.
그는 늪지대에서 온 숭배자들과의 경험을 자세히 설명했다.
My uncle attached profound significance to the story.
삼촌은 그 이야기에 깊은 의미를 부여했습니다.

The report savored of the wildest dreams of myth-makers.

그 보고서는 신화 창조자들의 가장 기발한 꿈들을 떠올리게 했다.

Theosophists could not have provided more imagination.

신지학자들이 이보다 더 풍부한 상상력을 발휘할 수는 없었을 것이다.

But the philosophies came from unexpected sources.

하지만 그 철학들은 예상치 못한 곳에서 나왔다.

Half-castes and pariahs told these fantastical stories.

혼혈인과 천민들이 이러한 환상적인 이야기들을 들려주었다.

On November 1st, 1907, his chain of events unfolded.

1907년 11월 1일, 그의 일련의 사건들이 펼쳐졌다.

The New Orleans police received desperate calls.

뉴올리언스 경찰은 절박한 전화들을 받았다.

They were called to the swamp and lagoon country to the south.

그들은 남쪽의 늪지와 석호 지대로 부름을 받았다.

The settlers there were mostly primitive, but good-natured.

그곳 정착민들은 대부분 미개했지만 성격은 좋았다.

Most living by the swamp were descendants of Lafitte's men.

늪지대에 살던 사람들 대부분은 라피트 부하들의 후손이었다.

But now they were in the grip of stark terror.

하지만 이제 그들은 극심한 공포에 사로잡혔다.

An unknown thing had stolen upon them in the night.

정체를 알 수 없는 무언가가 밤중에 그들에게 몰래 다가왔다.

It was voodoo, apparently, that caused the disturbance.

알고 보니 그 소동의 원인은 부두교였다.

But it was a voodoo unlike the other forms of voodoo.

하지만 그것은 다른 형태의 부두교와는 다른 부두교였다.

Voodoo of a more terrible sort than they had ever known.

그들이 여태껏 경험해 본 적 없는, 훨씬 더 끔찍한 부두교였다.

Some of their women and children had disappeared.

그들의 여성과 아이들 중 일부가 사라졌다.

A malevolent drumming had begun its incessant beating.

불길한 북소리가 끊임없이 울려 퍼지기 시작했다.

Far and deep within those dark, black haunted woods.

저 멀리 깊숙하고 어둡고 으스스한 숲 속.

There, where no dweller dared to ventured close to.

그곳은 그 누구도 감히 가까이 다가가지 못하는 곳이었다.

There were insane shouts and harrowing screams.

광기 어린 고함과 끔찍한 비명 소리가 들렸다.

Soul-chilling chants and dancing devil-flames.

소름 끼치는 주문과 춤추는 악마의 불꽃.

The messenger and his people could stand it no more.

전령과 그의 일행은 더 이상 참을 수 없었다.

A body of twenty police set out in the late afternoon.

경찰 20명으로 구성된 일행이 늦은 오후에 출발했다.

And a shivering settler came with them as a guide.

그리고 추위에 떨고 있는 정착민 한 명이 안내자 역할을 하며 그들과 함께 갔다.

***

At the end of the passable road they alighted.

통행 가능한 길의 끝에서 그들은 내렸다.

For miles and miles they splashed on in silence.

그들은 수 마일에 걸쳐 조용히 물보라를 일으키며 나아갔다.

And they went on through the terrible cypress woods.

그들은 끔찍한 삼나무 숲을 헤쳐 나갔다.

Dark, dark woods in which day but almost never came.

어둡고 캄캄한 숲, 그곳에는 낮이 거의 오지 않았다.

Ugly roots set traps for them in the wet ground.

보기 흉한 뿌리들이 습한 땅에 덫을 놓아 그들을 유인한다.
Malignant hanging nooses of Spanish moss beset them.
스페인 이끼로 만든 악성 올가미가 그들을 에워쌌다.
In the distance the settlement slowly came into sight.
저 멀리 마을이 서서히 시야에 들어왔다.
Hysterical dwellers ran out of the miserable huts.
공포에 질린 주민들이 비참한 오두막에서 뛰쳐나왔다.
They clustered around the group of bobbing lanterns.
그들은 물 위에 떠 있는 등불 무리 주위에 모여들었다.
Far, far ahead the cause of all the fear could be heard.
저 멀리, 아주 먼 곳에서 모든 두려움의 원인이 들려왔다.
The muffled beat of drums was now faintly audible.
북소리가 희미하게 들려왔다.
At times the wind shifted and revealed different sounds.
때때로 바람의 방향이 바뀌면서 다른 소리가 들려왔다.
Curdling shrieks were audible at infrequent intervals.
소름 끼치는 비명 소리가 드문드문 들려왔다.
A reddish glare seemed to filter through the undergrowth.
붉은빛이 덤불 사이로 스며드는 듯했다.
The settlers were reluctant to be left alone again.
정착민들은 다시 홀로 남겨지는 것을 꺼려했다.
But they point blank refused to move forwards either.
하지만 그들은 어떤 방향으로도 나아가기를 단호히
거부했습니다.
So the inspector and his colleagues plunged on unguided.
그래서 조사관과 그의 동료들은 아무런 지침 없이 무작정
돌격했다.
And they went into the black arcades of horror.
그리고 그들은 공포의 어두컴컴한 아케이드로 들어갔다.
The region was one of traditionally evil repute.

그 지역은 예로부터 악명이 높았다.
The lands were substantially unknown by white men.
그 땅들은 백인들에게 거의 알려지지 않은 곳이었다.
Not many explorers had traversed those regions yet.
그 지역들을 탐험한 탐험가는 아직 많지 않았다.
There were also legends of a hidden away lake.
또한 외딴 곳에 숨겨진 호수에 대한 전설도 있었다.
A body of water still unglimpsed by mortal sight.
인간의 눈에 아직 닿지 않은 수역.
In the lake it was said there dwelt a strange creature.
그 호수에는 기이한 생물이 살고 있다고 전해졌다.
A huge, formless white polypous thing with luminous eye.
빛나는 눈을 가진 거대하고 형태 없는 하얀 폴립 같은 것.
And settlers whispered about bat-winged devils.
정착민들은 박쥐 날개를 가진 악마에 대해 속삭였다.
They flew up out of caverns from the inner earth.
그들은 지구 내부의 동굴에서 날아올랐다.
And together the demons worship it at midnight.
그리고 악마들은 한밤중에 함께 그것을 숭배합니다.
They said it had been there before D'Iberville.
그들은 그것이 디베르빌 이전부터 거기에 있었다고 말했다.
They said it had been there before La Salle too.
그들은 그것이 라살 대학교 이전에도 거기에 있었다고 말했다.
They said it was there before the Native Americans.
그들은 그것이 아메리카 원주민들 이전부터 거기에 있었다고
말했습니다.
Perhaps it was even there before the wholesome beasts.
어쩌면 그것은 이 온순한 짐승들이 나타나기 전부터 거기에
있었을지도 모릅니다.
It was a nightmare itself that made men dream.

그것은 악몽 그 자체였고, 그 악몽이 사람들에게 꿈을 꾸게
만들었다.

And to see the thing was the same as death.

그 광경을 보는 것은 죽음과 같았다.

And so they had enough warning to know to keep away.

그래서 그들은 접근하지 말아야 한다는 것을 알 수 있을 만큼
충분한 경고를 받았습니다.

Because it was indeed where they were warned it was.

그곳은 그들이 경고받았던 바로 그곳이었기 때문입니다.

The voodoo orgy was on the fringe of this abhorred area.

그 부두교 난교 파티는 이 혐오스러운 지역의 변두리에서
벌어졌다.

But the location was already bad enough by itself.

하지만 위치 자체가 이미 충분히 나빴다.

The voodoo activities only added to the horror.

부두교 의식은 공포감을 더욱 가중시켰다.

Perhaps poetry could do justice to the noises heard.

어쩌면 시가 그 소음들을 제대로 표현할 수 있을지도 모른다.

Otherwise only madness would help one understand.

그렇지 않으면 광기만이 이해할 수 있을 뿐일 것이다.

But Legrasse's plowed on through the black morass.

하지만 르그라스는 검은 늪을 헤치고 나아갔다.

The sound of the muffled drumming slowly crystalized.

희미하게 들리던 북소리가 서서히 선명해졌다.

And they continued steadily towards the red glare.

그리고 그들은 붉은 섬광을 향해 꾸준히 나아갔다.

***

There are vocal qualities specific to men.

남성에게만 나타나는 특유의 목소리 특징이 있습니다.

And there are vocal qualities specific to beasts.

그리고 짐승들에게는 특유의 울음소리가 있습니다.

It is terrible when one makes the sounds of the other.

서로의 소리를 흉내내는 건 정말 끔찍한 일이다.

Animal fury freed them of their human restraint.

동물의 분노가 그들을 인간의 속박에서 해방시켰다.

Orgiastic license whipped them into demoniac heights.

방탕한 생활이 그들을 악마적인 수준으로 몰아갔다.

Howls that tore through those perpetually dark woods.

영원히 어두운 숲을 찢는 듯한 울부짖음.

Squawking ecstasies that echoed in everyone's mind.

모두의 마음속에 메아리치는 환희에 찬 비명 소리.

Sounds like pestilential tempests from the gulfs of hell.

마치 지옥의 심연에서 몰아치는 역병 같은 폭풍 소리 같군.

Now and then the less organized ululations would cease.

때때로 조직적이지 못한 울부짖음이 멈추곤 했다.

A well-drilled chorus of hoarse voices rose in singsong.

잘 훈련된, 거친 목소리의 합창단이 콧노래를 부르듯 일어섰다.

And they chanted that hideous phrase of their ritual.

그리고 그들은 자신들의 의식에서 그 끔찍한 구절을 외쳤다.

"Ph'nglui mglw'nafh Cthulhu R'lyeh wgah'nagl fhtagn"

프놀루이 믈글루'나프 크툴루 르'예 웨가흐'나글 프타그.

Then the men reached a spot where the trees were sparser.

그러자 일행은 나무가 드문드문 있는 곳에 도착했다.

Suddenly they come in sight of the spectacle itself.

그들은 갑자기 그 광경을 눈앞에서 목격하게 된다.

Four of them reeled from the horrible things they saw.

그들 중 네 명은 목격한 끔찍한 일들로 인해 큰 충격을 받았다.

One man fainted, and two were shaken into a frantic cry.

한 남자는 기절했고, 두 남자는 심하게 흔들려 비명을 질렀다.

Fortunately their screams were not heard by other ears.
다행히도 그들의 비명 소리는 다른 사람들에게 들리지 않았다.
The mad cacophony of the orgy deadened their screams.
광란의 소음이 그들의 비명을 덮어버렸다.
Legrasse splashed swamp water on the fainting man.
레그라스는 기절한 남자에게 늪물을 뿌렸다.
They stood up again, but nearly hypnotized with horror.
그들은 다시 일어섰지만, 공포에 질려 거의 꼼짝 못 하는
상태였다.
In a natural glade of the swamp stood a grassy island.
늪지대의 자연적인 공터에 풀이 무성한 섬이 하나 있었다.
The grassy island extended perhaps for an acre.
풀이 무성한 섬은 아마도 1에이커 정도 뻗어 있었을 것이다.
And the area was clear of trees and tolerably dry.
그 지역은 나무가 없고 비교적 건조했다.
A horde of human abnormality leaped and twisted.
기형적인 인간 무리가 뛰어오르고 몸을 비틀었다.
No Sime could paint what the men were seeing.
어떤 시메도 그 남자들이 보고 있는 것을 그림으로 표현할 수
없었다.
No Angarola has ever painted such an indescribable scene.
그 어떤 앙가롤라도 이처럼 형언할 수 없는 장면을 그린 적은
없다.
The hybrid spawn made a monstrous ring-shaped bonfire.
혼종 생명체는 거대한 고리 모양의 모닥불을 만들었다.
They brayed bellowed and writhed about in their nudity.
그들은 벌거벗은 채로 울부짖고 고함을 지르며 몸부림쳤다.
Occasionally there were rifts in the curtain of flame.
때때로 불꽃의 장막에 틈이 생겼다.
And there the object of their worship revealed itself.

그리고 그곳에서 그들이 숭배하던 대상이 모습을 드러냈다.

In the midst of the fire stood a great granite monolith.

불길 한가운데에 거대한 화강암 석상이 우뚝 서 있었다.

The stone structure was only about eight feet in height.

그 석조 구조물은 높이가 겨우 8피트 정도였다.

And the noxious carven statuette rested on the monolith.

그리고 그 불쾌감을 주는 조각상은 거대한 돌기둥 위에 놓여 있었다.

The idle was almost incongruous in its diminutiveness.

그 한가로운 모습은 그 왜소함 때문에 거의 어울리지 않는 듯했다.

Spaced evenly, scaffolds had been erected around the fire.

화재 주변에는 일정한 간격으로 비계가 설치되어 있었다.

From the scaffolding hung a number of marred bodies.

비계에는 심하게 훼손된 시신들이 여러 구 매달려 있었다.

The bodies of those that had disappeared from nearby.

인근에서 실종된 사람들의 시신.

It was inside this circle the ring of worshipers were.

숭배자들이 모여든 곳은 바로 이 원의 안쪽이었다.

And they roared and jumped in the frantic trance.

그들은 광란에 휩싸여 포효하고 뛰어올랐다.

The general direction of the motion was anti-clockwise.

전체적인 운동 방향은 시계 반대 방향이었다.

The ring of bodies circling around the ring of fire.

불의 고리 주위를 도는 시신들의 고리.

One man recollected other details even more concerning.

한 남성은 더욱 우려스러운 다른 세부 사항들을 떠올렸다.

But perhaps the echoes induced him to hear other things.

하지만 어쩌면 그 메아리가 그에게 다른 소리를 듣게 했을지도 모른다.

He fancied he heard antiphonal responses to the ritual.

그는 의식에 대한 응답이 오가는 소리를 들은 것 같다고 생각했다.

Noises from an unillumined spot deeper within the woods.

숲 속 깊은 곳, 불빛이 없는 곳에서 소음이 들려왔다.

This man, Joseph D. Galvez, I later met and questioned.

이 사람, 조셉 D. 갈베즈를 나중에 만나 심문했습니다.

And he proved to indeed be distractingly imaginative.

그리고 그는 정말로 놀라울 정도로 상상력이 풍부하다는 것이
증명되었습니다.

He even hinted at the faint beating of great wings.

그는 심지어 거대한 날갯짓 소리가 희미하게 들린다고
암시하기도 했다.

And he suggested there was a glimpse of shining eyes.

그리고 그는 빛나는 눈빛이 언뜻 보였다고 말했습니다.

And beyond the trees, a mountainous white bulk of
something.

그리고 나무들 너머로, 산처럼 쌓인 하얀 덩어리가 보였다.

I suppose he had heard too much native superstition.

내 생각엔 그가 토착 미신을 너무 많이 들었던 것 같다.

But actually the horrified pause was relatively brief.

하지만 실제로 공포에 질린 침묵은 비교적 짧았습니다.

Duty came first, and they had come to do a job.

의무가 최우선이었고, 그들은 임무를 수행하기 위해 온 것이었다.

***

There must have been nearly a hundred mongrel celebrants.

축제에 참여한 잡종견은 거의 백 명에 달했을 것이다.

But the police were able to rely on their firearms.

하지만 경찰은 총기에 의존할 수 있었다.

And they plunged determinedly into the nauseous rout.

그리고 그들은 역겨운 혼란 속으로 결연히 뛰어들었다.

For five minutes the chaotic din was beyond description.

5분 동안의 혼란스러운 소음은 형언할 수 없을 정도였다.

Wild blows were struck and shots were fired.

주먹질이 난무하고 총격이 오갔다.

Some escaped arrest by running into the darkness.

일부는 어둠 속으로 도망쳐 체포를 피했다.

They had a better knowledge of the layout of the swamp.

그들은 늪의 지형에 대해 더 잘 알고 있었다.

But Legrasse and his men caught around half of them.

하지만 르그라스와 그의 부하들은 그들 중 절반 정도를
붙잡았습니다.

And they counted around forty-seven sullen prisoners.

그들은 침울한 표정의 죄수들이 약 47명 정도라고 세어 보았다.

They were forced to put on their clothes again.

그들은 어쩔 수 없이 다시 옷을 입어야 했다.

And they fell into line between two rows of policemen.

그들은 경찰관 두 줄 사이에 줄을 섰다.

Five of the worshipers lay dead by the fire.

예배자 다섯 명이 불 옆에 죽어 누워 있었다.

Two severely wounded prisoners were carried away.

심하게 다친 포로 두 명이 실려 나갔다.

Of course the image on the monolith was removed.

물론 석조물에 새겨진 이미지는 제거되었습니다.

Legrasse himself took the evidence to the police station.

레그라스 본인이 증거물을 경찰서로 가져갔다.

The trip back to the headquarters was of intense strain.

본사로 돌아가는 길은 극심한 긴장감으로 가득 차 있었다.

The men were examined when they got back to civilization.

그들은 문명으로 돌아온 후 검사를 받았다.

The prisoners all proved to be men of a very low type.

죄수들은 모두 매우 저급한 부류의 인간들로 드러났다.

They were all mixed-blooded, and mentally aberrant.

그들은 모두 혼혈이었고, 정신적으로 이상이 있었다.

Most were seamen by trade, or some similar professions.

대부분은 직업이 선원이거나 그와 비슷한 직종에 종사하는

사람들이었다.

Negroes and mulattoes were sprinkled among them.

그들 중에는 흑인과 혼혈인들이 섞여 있었다.

But most seemed to be West Indians or Brava Portuguese.

하지만 대부분은 서인도 제도 출신이거나 포르투갈 브라바

출신인 것 같았다.

They primarily came from the Cape Verde Islands.

그들은 주로 카보베르데 제도 출신이었다.

They gave the heterogeneous cult a coloring of voodooism.

그들은 이질적인 종교 집단에 부두교의 색채를 입혔다.

But there wasn't even a need to ask too many questions.

하지만 굳이 많은 질문을 할 필요조차 없었습니다.

The conclusion quickly became manifest by itself.

결론은 금세 명확해졌다.

Something far deeper than negro fetishism was involved.

단순한 흑인 숭배보다 훨씬 더 심오한 문제가 얽혀 있었다.

Although ignorant, but their story was consistent.

비록 무지했지만, 그들의 이야기는 일관성이 있었다.

The creatures all spoke of the same central idea.

그 생물들은 모두 동일한 핵심 사상에 대해 이야기했다.

They certainly all shared the same loathsome faith.

그들은 모두 똑같이 혐오스러운 신앙을 공유하고 있었다.

They worshiped, so they said, the great old ones.

그들은 위대한 옛 존재들을 숭배한다고 말했다.

The great old ones lived long before there were any men.

위대한 옛 존재들은 인간이 생기기 훨씬 이전부터 살았습니다.
And they came to the young world out of the sky.
그리고 그들은 하늘에서 젊은 세상에 나타났습니다.
Those old ones were now gone, they explained.
예전 것들은 이제 없어졌다고 그들이 설명했다.
They were now inside the earth and under the sea.
그들은 이제 땅속과 바닷속에 있었다.
But their dead bodies found ways to tell their secrets.
하지만 그들의 시신은 어떻게든 비밀을 털어놓는 방법을
찾아냈다.
They whispered into the dreams of the first men.
그들은 최초의 인간들의 꿈속에 속삭였다.
And the first men formed a cult which has never died.
그리고 최초의 인간들은 오늘날까지 사라지지 않은 하나의 숭배
집단을 형성했습니다.

***

The cult had always existed, and always would exist.
그 사이비 종교는 항상 존재해 왔고, 앞으로도 항상 존재할
것이다.
Their followers were hidden in wastes all over the world.
그들의 추종자들은 전 세계 곳곳의 황무지에 숨어 있었다.
Their followers were in dark places explorers overlooked.
그들의 추종자들은 탐험가들이 간과했던 어두운 곳에 있었다.
And they would remain hidden until they were called.
그리고 그들은 부름을 받을 때까지 숨어 있을 것입니다.
When the great priest Cthulhu rises again to the surface.
위대한 사제 크툴루가 다시 지상으로 나타날 때.
When Cthulhu brings the earth again beneath his sway.

크툴루가 다시 지구를 자신의 지배 아래 두게 될 때.

When Cthulhu leaves from his dark house in the mighty city of R'lyeh.

크툴루가 웅장한 도시 르라이예에 있는 자신의 어두운 거처를 떠날 때.

Some day he was going call, when the stars were ready.

언젠가 그는 전화를 걸겠지, 별들이 준비되면.

And the secret cult will always be waiting to liberate him.

그리고 그 비밀 결사는 언제나 그를 해방시키기 위해 기다리고 있을 것이다.

Meanwhile, no more of his story must be told.

한편, 그의 이야기는 더 이상 알려져서는 안 된다.

There was a secret even torture could not extract.

고문으로도 알아낼 수 없는 비밀이 있었다.

Mankind was not alone among the conscious things of earth.

지구상에 의식을 가진 존재들 중에는 인류만 있는 것이 아니었다.

Because shapes came out of the dark to visit the faithful few.

어둠 속에서 형체가 나타나 소수의 충실한 자들을 찾아왔기 때문이다.

But these were not the great old ones.

하지만 이들은 위대한 옛것들이 아니었습니다.

No man had ever seen the great old ones.

그 누구도 그 거대한 옛것들을 본 적이 없었다.

The carven idol was of great Cthulhu.

조각된 우상은 위대한 크툴루의 형상이었다.

None could say whether the others were like him.

다른 사람들이 그와 같은지 아닌지는 아무도 알 수 없었다.

No one could read the old writing now.

이제는 아무도 그 옛날 글씨를 읽을 수 없었다.

Instead, things were told by word of mouth.

그 대신, 이야기는 입소문으로 전해졌습니다.

The chanted ritual was not the secret.

주문을 외우는 의식은 비밀이 아니었다.

The secret was never spoken aloud, only whispered.

그 비밀은 결코 입 밖으로 꺼내지지 않았고, 오직 속삭임으로만 전해졌다.

The chant meant one thing, and one thing alone:

그 구호는 단 한 가지 의미만을 담고 있었다.

"In his house at R'lyeh dead Cthulhu waits dreaming."

"르라이예에 있는 그의 집에서 죽은 크툴루는 꿈을 꾸며 기다리고 있다."

Only two of the prisoners were found sane enough to be hanged.

죄수들 중 단 두 명만이 교수형을 집행할 만큼 정신적으로 온전한 것으로 판명되었다.

The rest of them were committed to various institutions.

나머지 사람들은 각기 다른 기관에 소속되었습니다.

All denied to have taken any part in the ritual murders.

모두 의식 살인에 가담했다는 사실을 부인했다.

They said the killing had been done by something else.

그들은 살인이 다른 무언가에 의해 저질러졌다고 말했다.

"The black-winged ones," the each insisted, separately.

"검은 날개를 가진 것들 말이에요." 그들은 각자 따로따로 강조했다.

They had come to them from their immemorial meeting-place.

그들은 예로부터 만남의 장소였던 곳에서 그들에게 왔다.

They had arisen out from the haunted woodlands.

그들은 귀신이 출몰하는 숲에서 나타났다.

But the stories of mysterious allies were inconsistent.

하지만 수수께끼의 동맹들에 대한 이야기는 서로 일관성이
없었다.

***

What the police did extract came mainly from one man.
경찰이 얻어낸 정보는 주로 한 사람에게서 나왔습니다.
An immensely aged mestizo named Castro.
카스트로라는 이름의 엄청나게 나이 든 메스티소.
He claimed to have sailed to strange ports.
그는 낯선 항구들을 항해했다고 주장했다.
And he said he had been to the mountains of China.
그는 중국의 산에 가본 적이 있다고 말했다.
There he talked with undying leaders of the cult.
그곳에서 그는 불멸의 종교 지도자들과 대화를 나눴다.
Old Castro remembered bits of hideous legend.
늙은 카스트로는 끔찍한 전설의 조각들을 기억해냈다.
His legends paled the speculations of theosophists.
그의 전설은 신지학자들의 추측을 무색하게 만들었다.
His stories made man seem like a recent creation.
그의 이야기들은 인간을 마치 최근에 만들어진 존재처럼 보이게
했다.
Even the world was transient in his account of things.
그의 관점에서 세상조차도 덧없는 것이었다.
There had been eons when other Things ruled on the earth.
아주 먼 옛날, 다른 존재들이 지구를 지배하던 시절이 있었다.
And they had had great cities here on the earth.
그리고 그들은 이 지구상에 위대한 도시들을 건설했었습니다.
The deathless Chinamen told him reserved secrets.
불멸의 중국인들은 그에게 감춰둔 비밀들을 털어놓았다.

He had told him their ruins could still be found.

그는 그들에게 유적지가 아직 남아 있을 거라고 말했었다.

There were still Cyclopean stones on islands in the Pacific.

태평양의 섬들에는 여전히 거대한 돌기둥들이 남아 있었다.

They all died vast epochs of time before man came.

그들은 모두 인류가 등장하기 훨씬 이전에 죽었습니다.

But there were knowledges and practices in ancients arts.

하지만 고대 예술에는 지식과 관행이 존재했습니다.

Special rituals which could revive them again, in time.

시간이 지나면 그들을 다시 되살릴 수 있는 특별한 의식들.

In the cycle of eternity their return was inevitable.

영원의 순환 속에서 그들의 귀환은 필연적이었다.

When the stars come round again to the right positions

별들이 다시 제자리로 돌아올 때

They had, indeed themselves come from the stars.

사실 그들은 별에서 온 존재들이었다.

"These great old ones," Castro continued.

"이 위대한 옛것들 말입니다." 카스트로는 말을 이었다.

They were not composed entirely of flesh and blood.

그들은 완전히 살과 피로만 이루어진 존재는 아니었다.

They had shape," Castro insisted, confidently.

"그것들은 형태를 갖추고 있었어요." 카스트로는 자신감 있게

주장했다.

And he had strange proof for what he believed.

그리고 그는 자신이 믿는 바에 대한 기묘한 증거를 가지고 있었다.

But the shape they took on was not made of matter.

하지만 그들이 취한 형체는 물질로 이루어진 것이 아니었다.

When the stars were in their right positions.

별들이 제자리에 있을 때.

Then they could plunge from one world to another.

그러면 그들은 한 세계에서 다른 세계로 뛰어들 수 있을 것이다.

Because they can move themselves through the sky.

그들은 하늘을 자유롭게 이동할 수 있기 때문입니다.

But when the stars were wrong, they cannot live.

하지만 별자리의 위치가 잘못되면 그들은 살아남을 수 없다.

And it is true that they no longer live like we do.

그리고 그들이 더 이상 우리처럼 살지 않는다는 것은 사실입니다.

But despite that, they never really die either.

하지만 그렇다고 해서 그들이 완전히 죽는 것은 아닙니다.

They rest in stone houses in their great city of R'lyeh.

그들은 웅장한 도시 르뤼예의 돌집에서 휴식을 취합니다.

They are preserved by the spells of mighty Cthulhu.

그것들은 강력한 크툴루의 마법에 의해 보호받고 있다.

So there they lie, unaffected by the passing of time.

그렇게 그들은 시간의 흐름에 아랑곳하지 않고 그대로 누워 있다.

And they wait for another glorious resurrection.

그리고 그들은 또 다른 영광스러운 부활을 기다립니다.

When the stars and earth are ready for them again.

별과 지구가 그들을 다시 맞이할 준비가 될 때.

But they are still dependent on an outside force.

하지만 그들은 여전히 외부 세력에 의존하고 있습니다.

A force from outside served to liberate their bodies.

외부의 힘이 그들의 몸을 해방시켰다.

The spells preserved them and kept them intact.

마법 덕분에 그것들은 보존되었고 온전하게 유지되었다.

But the spells also kept them from breaking free.

하지만 그 마법 때문에 그들은 탈출할 수 없었다.

So they could only lie awake in the dark and think.

그래서 그들은 어둠 속에서 잠 못 이루고 생각에 잠길 수밖에 없었다.

***

In the meantime uncounted millions of years rolled by.

그러는 동안 헤아릴 수 없이 많은 수백만 년이 흘러갔다.

They knew all that was occurring in the universe.

그들은 우주에서 일어나는 모든 일을 알고 있었다.

Because their mode of speech was transmitted thought.

그들의 언어 전달 방식은 사고를 통해 전달되었기 때문이다.

Even now they were talking in their tombs.

그들은 무덤 속에서도 이야기를 나누고 있었다.

Then, after infinities of chaos, the first men came.

그 후, 무한한 혼돈 끝에 최초의 인간들이 나타났습니다.

The great old ones spoke to the sensitive among them.

위대한 노인들은 그들 중 감수성이 예민한 자들에게 말을 걸었다.

They spoke to them by molding their dreams.

그들은 아이들의 꿈을 다듬어줌으로써 그들에게 말을 걸었다.

Only that way could their language reach the fleshly minds
of mammals.

오직 그런 방식으로만 그들의 언어가 포유류의 육체적인 마음에

도달할 수 있었다.

Then, whispered Castro, those first men formed the cult.

그러자 카스트로는 속삭였다. "그렇게 처음 온 사람들이 그 종교

집단을 만들었지."

They organized themselves around small idols.

그들은 작은 우상들을 중심으로 조직을 이루었다.

The small idols which the great ones had shown them.

위대한 자들이 그들에게 보여주었던 작은 우상들.

Idols brought from dim eras from dark stars.

어두운 시대에서, 어두운 별들로부터 온 우상들.

That cult would never die till the stars came right again.

그 광신 집단은 별자리가 다시 제자리를 찾을 때까지 절대
사라지지 않을 것이다.
The secret priests were going to take great Cthulhu from His
tomb.
비밀 사제들은 위대한 크툴루를 그의 무덤에서 데려오려 하고
있었다.
And they were going to revive His subjects.
그리고 그들은 그분의 백성들을 되살리려 했습니다.
And then Cthulhu was going to resume His rule of earth.
그리고 나서 크툴루는 다시 지구를 지배하게 될 것이다.
The right time was going to reveal itself quite clearly.
적절한 시기는 아주 분명하게 드러날 것이다.
At that time mankind will have become as the great old
ones.
그때가 되면 인류는 위대한 옛 존재들과 같아질 것이다.
They will be free and wild and beyond good and evil.
그들은 자유롭고 거침없으며 선과 악을 초월할 것이다.
Laws and morals are going to be thrown aside.
법과 도덕은 내팽개쳐질 것이다.
All men will be shouting and killing and reveling in joy.
모든 사람들이 소리치며 죽이고 즐거워할 것이다.
Then the liberated old ones will teach them the new ways.
그러면 해방된 옛 사람들이 그들에게 새로운 방식을 가르쳐 줄
것이다.
New ways to shout and kill and revel and enjoy.
소리치고, 죽이고, 환락하고, 즐기는 새로운 방식들.
And all the earth will flame with a holocaust of ecstasy and
freedom.
그러면 온 땅은 환희와 자유의 대재앙으로 불타오를 것이다.
Meanwhile the cult had to practice the appropriate rites.
한편, 그 종교 집단은 적절한 의식을 행해야 했다.

They had to keep alive the memory of those ancient ways.

그들은 고대의 방식에 대한 기억을 계속해서 간직해야 했다.

And they had to shadow forth the prophecy of their return.

그리고 그들은 자신들의 귀환에 대한 예언을 현실로 만들어야
했습니다.

In the elder time chosen men spoke with the entombed Old
Ones.

아주 먼 옛날, 선택받은 자들이 무덤에 묻힌 옛 존재들과 대화를
나누었습니다.

The entombed Old Ones spoke to them in their dreams.

무덤에 갇힌 고대 존재들이 그들의 꿈속에서 말을 걸었다.

But then something disturbed their means of
communication.

하지만 그때 어떤 사건이 그들의 의사소통 수단을 방해했다.

The great stone in the city R'lyeh had sunk beneath the
waves.

르뤼예 시의 거대한 돌은 파도 아래로 가라앉았다.

And the monoliths and sepulchers were beneath the waters.

그리고 그 거석들과 무덤들은 물속에 잠겨 있었다.

Deep waters full of the one primal mystery.

근원적인 미스터리로 가득 찬 심해.

Waters through which not even thought can pass.

생각조차 통과할 수 없는 물.

Water that cut off their spectral communication.

그들의 스펙트럼적 소통을 차단한 물.

But the memory of the rites and rituals never died.

하지만 그 의식과 제례에 대한 기억은 결코 사라지지 않았다.

And high priests said that the city would rise again.

그러자 대제사장들은 그 도시가 다시 일어설 것이라고
말했습니다.

When the stars were right Cthulhu was going to return.

별자리가 제자리를 찾으면 크툴루가 돌아올 것이다.
The moldy black spirits of the earth will come out again.
땅속의 곰팡이 핀 검은 악령들이 다시 나타날 것이다.
Shadowy black spirits full of dim rumors.
희미한 소문으로 가득 찬 그림자 같은 검은 영혼들.

*** -

The spirits collected in caverns beneath forgotten sea-bottoms.
잊혀진 해저 아래 동굴에 모인 영혼들.
But of those spirits old Castro dared not speak much.
하지만 늙은 카스트로는 그런 술에 대해서는 감히 많이 언급하지 못했다.
And he hurriedly cut himself off from the topic.
그는 서둘러 화제를 돌렸다.
No amount of persuasion could elicit more in this direction.
아무리 설득해도 이 방향으로 더 나아가게 할 수는 없을 것이다.
No subtlety could convince him to speak of those spirits.
아무리 교묘한 방법으로 설득해도 그는 그 영혼들에 대해 이야기하지 않았다.
The size of the old ones, too, he curiously declined to mention.
그는 예전 것들의 크기에 대해서도 굳이 언급을 피했다.
And of the cult he spoke very little too.
그리고 그는 그 종교 집단에 대해서도 거의 언급하지 않았습니다.
He thought the center lay amid the pathless deserts of Arabia.
그는 그 중심이 아라비아의 길이 없는 사막 한가운데에 있다고 생각했다.

There in Irem, the City of Pillars, dreams hidden and untouched.

기둥의 도시 이렘에는 숨겨진 꿈들이, 아직 손대지 않은 채 남아 있다.

This cult was not allied to the European witch-cult.

이 종교 집단은 유럽의 마녀 숭배 집단과는 관련이 없었다.

And the cult was virtually unknown beyond its members.

그리고 그 종교 집단은 구성원들을 제외하고는 사실상 알려지지 않았습니다.

No book had ever really hinted of their knowledge.

어떤 책에서도 그들의 지식에 대한 단서를 찾아볼 수 없었다.

Though the deathless Chinamen said the mad Arab Abdul Alhazred came close.

불멸의 중국인들은 미치광이 아랍인 압둘 알하즈레드가 거의 죽을 뻔했다고 말했다.

He said that there were double meanings in his Necronomicon.

그는 자신의 네크로노미콘에 이중적인 의미가 담겨 있다고 말했다.

The initiated were free to read it if they wanted to.

정식으로 임명된 사람들은 원한다면 자유롭게 읽을 수 있었다.

And they should pay attention to one couplet in particular.

그리고 그들은 특히 한 구절에 주목해야 합니다.

"That which is not dead can sleep for eternity,"

"죽지 않은 것은 영원히 잠들 수 있다."

"And with strange eons even death may die."

"그리고 기묘한 영원의 세월이 흐르면 죽음조차도 사라질지도 모른다."

Legrasse had been deeply impressed by what he heard.

르그라스는 자신이 들은 내용에 깊은 감명을 받았다.

And he was not a little bewildered by the tale.

그는 그 이야기에 상당히 당황했다.

He inquired in vain about the historic affiliations of the cult.

그는 그 종교 집단의 역사적 연관성에 대해 헛되이 문의했다.

Castro, apparently, had told the truth about the oath of secrecy.

카스트로는 비밀 서약에 대해 사실대로 말했던 것으로 보인다.

The authorities at Tulane University could not offer much help either.

툴레인 대학교 당국 역시 별다른 도움을 줄 수 없었습니다.

The were not able to shed no light upon neither cult, nor the image.

그들은 그 숭배 의식이나 그 형상에 대해 아무런 단서도 제공하지 못했다.

And now the detective had come to the highest authorities in the country.

이제 그 형사는 국가 최고위 당국에까지 도달했다.

And he heard none other than Professor Webb' tale in Greenland.

그리고 그는 다름 아닌 그린란드에서 웹 교수가 들려준 이야기를 들었다.

***

Legrasse's tale aroused feverish interest at the meeting.

르그라스의 이야기는 회의에서 열광적인 관심을 불러일으켰다.

The story was not only significant in its implications.

그 이야기는 그 함의 면에서만 중요한 것이 아니었다.

But the story was also corroborated by the statuette.

하지만 그 이야기는 조각상에 의해서도 뒷받침되었습니다.

The excitement echoed in the subsequent correspondence.

그 흥분은 이후 주고받은 서신에서도 고스란히 드러났다.

Those who attended stayed in close contact with each other.
참석자들은 서로 긴밀한 연락을 유지했다.
Although scant mention occurs in the formal publications.
공식 출판물에서는 거의 언급되지 않지만.
Caution is the first care of those accustomed to charlatanry.
사기꾼에 익숙한 사람들은 조심하는 것이 최우선이다.
Impostures are kept out as much as it is possible.
사기 행위는 가능한 한 철저히 차단됩니다.
Legrasse for some time lent the image to Professor Webb.
레그라스는 한동안 그 이미지를 웹 교수에게 빌려주었습니다.
But at the latter's death the image was returned to him.
그러나 그가 사망하자 그 이미지는 그에게 반환되었다.
And the image remains in Legrasse's possession.
그리고 그 사진은 여전히 르그라스의 소유로 남아 있습니다.
This is where I viewed the terrible image not long ago.
바로 이곳에서 얼마 전 그 끔찍한 이미지를 보았습니다.
The image is unmistakably akin to Wilcox' dream-sculpture.
이 이미지는 누가 봐도 윌콕스의 꿈 조각 작품과 유사하다.
It was no wonder my uncle was so excited by his tale.
삼촌이 그 이야기에 그토록 흥분한 것도 당연했다.
And I'm not surprised he made the efforts he made.
그가 그런 노력을 기울였다는 사실에 저는 전혀 놀라지
않았습니다.
He had heard everything Legrasse knew of the cult.
그는 르그라스가 그 사이비 종교에 대해 알고 있는 모든 것을
들었다.
And the strange cultish dreams of a sensitive young man.
그리고 감수성이 예민한 젊은이의 기묘하고 광신적인 꿈들.
The bas-relief just like the one from the swamp.
그 부조는 늪지대에서 발견된 것과 똑같습니다.
The addition of the devil tablet in Greenland.

그린란드에 악마의 석판이 추가됨.

The exact same words used in three remote occurrences.

세 번의 서로 다른 상황에서 완전히 똑같은 단어가

사용되었습니다.

The Eskimo diabolists, the mongrels in Louisiana, and then Wilcox.

에스키모 악마 숭배자들, 루이지애나의 잡종들, 그리고 윌콕스.

What other conclusion could one possibly have come to?

달리 어떤 결론에 도달할 수 있었겠는가?

It's only natural Professor Angel pursued this conclusion.

앤젤 교수가 이러한 결론을 추구한 것은 당연한 일입니다.

And I wouldn't have expected him to be less thorough.

그리고 저는 그가 덜 꼼꼼할 거라고는 예상하지 못했습니다.

My great-uncle was a man of principled academic rigor.

제 큰삼촌은 원칙을 중시하는 학문적 엄격함을 지닌

분이셨습니다.

Though privately I also had other plausible theories.

하지만 개인적으로는 다른 그럴듯한 이론들도 가지고

있었습니다.

I suspected young Wilcox of having heard of the cult.

나는 어린 윌콕스가 그 사이비 종교에 대해 들어봤을 거라고

짐작했다.

Maybe he had heard of the cult in some indirect way.

어쩌면 그는 어떤 간접적인 경로를 통해 그 사이비 종교에 대해

들어봤을지도 모른다.

He could easily have invented a series of dreams.

그는 꿈을 꾸었다는 설정 자체를 얼마든지 지어낼 수 있었을

것이다.

That way he could heighten and continue the mystery.

그렇게 하면 그는 미스터리를 더욱 고조시키고 지속시킬 수
있었다.

The dream-narratives and cuttings collected did of course
corroborate.

수집된 꿈 이야기와 신문 기사들은 물론 이를 뒷받침했습니다.

But the rationalism of my mind had not yet been satisfied.

하지만 내 이성적인 사고방식은 아직 만족하지 못했다.

Coincidences can form highly believable illusions too.

우연의 일치는 매우 그럴듯한 착각을 만들어낼 수도 있다.

And we have to bear in mind the extravagance of the whole
subject.

그리고 우리는 이 주제 전체의 사치스러움을 명심해야 합니다.

So I was led to adopt what I thought the most sensible
conclusions.

그래서 저는 제가 생각하기에 가장 합리적인 결론을 내리게
되었습니다.

I thoroughly studied the manuscript from the beginning.

저는 원고를 처음부터 꼼꼼히 연구했습니다.

And I correlated the theosophical and anthropological notes.

그리고 저는 신지학적 노트와 인류학적 노트를 서로 연관지어
보았습니다.

I compared the literature with the cult narrative of Legrasse.

나는 그 문학 작품을 르그라스의 컬트적 서사와 비교했다.

I made a trip to Providence to see the sculptor.

조각가를 만나러 프로비던스에 다녀왔습니다.

And I intended to give him the rebuke I thought proper.

나는 그에게 내가 옳다고 생각하는 질책을 할 생각이었다.

There must be consequences, I felt, for the trick he played.

그가 저지른 속임수에는 반드시 대가가 따를 거라고 생각했다.

He had boldly imposed himself upon a learned and aged
man.

그는 학식이 풍부하고 나이 지긋한 사람에게 뻔뻔스럽게 자신의
뜻을 강요했다.

***

Wilcox still lived alone where my uncle had met him.
윌콕스는 여전히 우리 삼촌이 그를 만났던 곳에서 혼자 살고
있었다.
In the Fleur-de-Lys Building in Thomas Street.
토마스 스트리트에 있는 플뢰르 드 리스 빌딩에서.
**A hideous Victorian imitation of Seventeenth Century
Breton architecture.**
17세기 브르타뉴 건축 양식을 끔찍하게 모방한 빅토리아 시대
건축물.
**The building flaunted its stuccoed front amidst its
surroundings.**
그 건물은 주변 환경 속에서 회반죽으로 마감된 정면을 뽐내고
있었다.
There were lovely Colonial houses on the ancient hill.
그 오래된 언덕에는 아름다운 식민지 시대 가옥들이 있었다.
**And the house stood under the shadow of the finest
Georgian steeple in America.**
그리고 그 집은 미국에서 가장 아름다운 조지아 양식의 첨탑
그림자 아래에 서 있었다.
I found him at work in his rooms, among his sculptures.
나는 그가 자신의 방에서 조각품들 사이에서 작업하는 모습을
발견했다.
The specimens scattered came from a very unique mind.
흩어져 있는 표본들은 매우 독창적인 사고방식에서 비롯된
것입니다.

At once I conceded that his genius is indeed profound and authentic.

나는 그의 천재성이 참으로 심오하고 진실하다는 것을 즉시 인정했다.

He has crystallized in clay that which Arthur Machen evokes in prose.

그는 아서 매켄이 산문으로 표현한 것을 흙으로 굳혀 놓았다.

He mirrored in marble the nightmares Clark Ashton Smith put to canvas.

그는 클라크 애쉬턴 스미스가 캔버스에 담아낸 악몽을 대리석에 그대로 반영했다.

He will, I believe, be spoken of one day as one of the great decadents.

나는 그가 언젠가 위대한 퇴폐주의자 중 한 명으로 회자될 것이라고 믿는다.

He was dark, frail, and somewhat unkempt in aspect.

그는 피부색이 어둡고, 허약했으며, 다소 단정하지 못한 모습이었다.

He turned languidly at my knock on his door.

내가 문을 두드리자 그는 나른하게 돌아섰다.

He didn't rise from his seat when I came in.

내가 들어왔을 때 그는 자리에서 일어나지 않았다.

And he asked me what the purpose of my visit was.

그는 내게 방문 목적이 무엇인지 물었다.

When I told him who I was his interest was piqued.

내가 누구인지 밝히자 그는 흥미를 보였다.

My uncle had excited his curiosity by probing his strange dreams.

삼촌은 그의 이상한 꿈들을 파헤치면서 그의 호기심을 자극했다.

Although he had never explained the reason for the study.

그는 연구를 진행한 이유를 한 번도 설명하지 않았다.

I did not enlarge his knowledge in this regard.

나는 이와 관련해 그의 지식을 넓혀주지 않았다.

But I sought with some subtlety to gain his confidence.

하지만 저는 교묘한 방법으로 그의 신뢰를 얻으려 했습니다.

In a short time I became convinced of his absolute sincerity.

얼마 지나지 않아 나는 그의 절대적인 진실성을 확신하게 되었다.

He spoke of the dreams in a manner none could mistake.

그는 누구도 오해할 수 없는 방식으로 꿈에 대해 이야기했다.

His dreams' subconscious residuum had influenced his art profoundly.

그의 꿈의 잠재의식 속 잔재가 그의 예술에 지대한 영향을 미쳤다.

He showed me a morbid statue of the likes I had never seen before.

그는 내게 전에 본 적 없는 섬뜩한 조각상을 보여주었다.

The statue's contours almost made me shake with fear.

그 조각상의 윤곽을 보니 두려움에 몸이 떨릴 뻔했다.

The potency of the statue's black suggestion was overbearing.

조각상의 검은색이 자아내는 강렬한 기운은 압도적이었다.

He could not recall having seen the original of this thing.

그는 이것의 원본을 본 기억이 없었다.

But the statue was inspired by his own dream bas-relief.

하지만 그 조각상은 그 자신의 꿈속 부조에서 영감을 받은 것입니다.

The outlines had formed themselves insensibly under his hands.

그의 손길 아래 윤곽선이 무의식적으로 형성되었다.

It was, no doubt, the giant shape he had raved of in delirium.

틀림없이 그것은 그가 섬망 상태에서 횡설수설했던 그 거대한 형체였을 것이다.

That he really knew nothing of the hidden cult he soon made clear.

그가 그 비밀 결사에 대해 전혀 몰랐다는 사실은 곧 명백해졌다.

Only my uncle's relentless catechism had given him some clues.

삼촌의 끊임없는 교리문답만이 그에게 약간의 단서를 주었을 뿐이었다.

And again I strove to explain the obvious conclusions away.

그리고 나는 또다시 명백한 결론들을 설명하려 애썼다.

How he could possibly have received the weird impressions?

그는 어떻게 그런 이상한 인상을 받았을까?

He talked of his dreams in a strangely poetic fashion.

그는 자신의 꿈에 대해 묘하게 시적인 방식으로 이야기했다.

He made me see with terrible vividness the vistas of his dream.

그는 내게 자신의 꿈속 풍경을 끔찍할 정도로 생생하게 보여주었다.

The damp Cyclopean city of slimy green stone.

축축하고 미끈거리는 녹색 돌로 지어진 거대한 도시.

The geometry he oddly said, was all wrong.

그는 이상하게도 기하학이 완전히 틀렸다고 말했다.

And he spoke of what he heard with frightened expectancy.

그는 자신이 들은 내용을 두려움과 기대가 뒤섞인 어조로 이야기했다.

The ceaseless, half-mental calling from underground:

지하에서 끊임없이, 반쯤 정신 나간 듯한 부름:

"Cthulhu fhtagn... Cthulhu fhtagn"

"크툴루 프타그... 크툴루 프타그"

These words had formed part of that dreaded ritual.

이 말들은 그 끔찍한 의식의 일부였다.

The ritual the told of dead Cthulhu's dream-vigil.

그 의식은 죽은 크툴루의 꿈속 밤샘 기도에 관한 것이었다.

The ritual that told of his stone vault at R'lyeh.

르뤼예에 있는 그의 석실 무덤에 관한 이야기를 전하는 의식.

And I felt deeply moved, despite my rational beliefs.

이성적인 믿음에도 불구하고, 나는 깊은 감동을 받았다.

Wilcox, I was sure, had heard of the cult in some casual way.

윌콕스는 분명 어떤 식으로든 그 사이비 종교에 대해 들어봤을 거라고 생각했다.

He spent his time in a mass of equally weird literature.

그는 온갖 기이한 문학 작품들을 읽으며 시간을 보냈다.

He must have forgotten the source of his knowledge.

그는 자신의 지식의 출처를 잊어버린 게 틀림없다.

Later the cult had found subconscious expression in his dreams.

이후 그 종교는 그의 꿈속에서 무의식적으로 표현되기 시작했다.

But this is natural when stories are so impressive.

하지만 이야기가 워낙 감동적일 때는 이런 반응이 나오는 것도 당연하죠.

Finally the cult's ideas manifested themselves in the bas-relief.

마침내 그 종교 집단의 사상은 부조에 형상화되었다.

And now the subject of the cult manifested itself in the terrible statue.

그리고 이제 그 숭배의 대상은 끔찍한 조각상으로 형상화되었다.

I was convinced his imposture upon my uncle had been very innocent.

나는 그가 삼촌을 사칭한 것은 아주 순수한 의도였다고 확신했다.

He both slightly affected, and slightly ill-mannered.

그는 약간 허세도 부리고, 약간 버릇도 없었다.

He had a disposition which I could never like.

그는 내가 도저히 좋아할 수 없는 성격을 가지고 있었다.

But I was willing enough now to admit his genius.

하지만 이제 나는 그의 천재성을 인정할 만큼 충분히 마음이 열려
있었다.

And I have no way of denying his honesty either.

그리고 저는 그의 정직함을 부인할 방법이 없습니다.

Despite my initial feelings, I took leave of him amicably.

처음엔 좋지 않은 감정이 들었지만, 결국 그와 원만하게
헤어졌다.

And I wish him all the success his talent promises.

그의 재능이 가져다줄 모든 성공을 기원합니다.

***

The matter of the cult continued to fascinate me.

그 사이비 종교에 관한 문제는 계속해서 나를 매료시켰다.

At times I had visions of the personal fame I could attain.

때때로 나는 내가 얻을 수 있는 개인적인 명성에 대한 환상을 품곤
했다.

I visited New Orleans and talked with Legrasse.

저는 뉴올리언스를 방문하여 르그라스와 이야기를 나눴습니다.

And I spoke with other policemen of that swamp raid.

그리고 저는 그 늪지대 급습에 참여했던 다른 경찰관들과
이야기를 나눴습니다.

I saw the frightful image with my own eyes.

나는 그 끔찍한 광경을 내 눈으로 직접 보았다.

And I even questioned some of the surviving mongrel
prisoners.

그리고 나는 살아남은 잡종 포로 몇 명에게 질문까지 했다.

Old Castro, unfortunately, had been dead for some years.

안타깝게도 카스트로 노인은 이미 몇 년 전에 세상을 떠났습니다.

What I now heard so graphically at first hand excited me afresh.

내가 이제 막 직접 생생하게 들은 이야기는 나를 다시금 흥분시켰다.

Though it was really no more than a detailed confirmation.

사실 그것은 상세한 확인 절차에 불과했습니다.

What they told me I had already read in my uncle's notes.

그들이 내게 말한 내용은 이미 삼촌의 메모에서 읽었던 내용이었다.

I felt sure that I was on the track of a very real secret.

나는 내가 아주 중요한 비밀의 흔적을 쫓고 있다는 확신이 들었다.

And I was sure I was going to discover a very ancient religion.

그리고 저는 아주 오래된 종교를 발견하게 될 거라고 확신했어요.

The discovery would make me an anthropologist of note.

그 발견은 나를 저명한 인류학자로 만들어 줄 것이다.

My attitude was still one of absolute rational materialism.

제 태도는 여전히 절대적인 합리적 유물론에 기반하고 있었습니다.

And I wish my attitude to the subject matter had not changed.

그리고 그 주제에 대한 내 태도가 변하지 않았더라면 좋았을 텐데.

I discounted with almost inexplicable perversity the coincidences.

나는 도저히 설명할 수 없는 변덕으로 그 우연의 일치들을 무시했다.

The dream notes and odd cuttings collected by Professor Angell.

앤젤 교수가 수집한 꿈 기록과 특이한 자료들.

One thing I began to doubt was the cause of my uncle's death.

내가 의심하기 시작한 한 가지는 삼촌의 사망 원인이었다.

I began to suspect his death was far from natural.

나는 그의 죽음이 자연사가 아닐지도 모른다고 의심하기

시작했다.

And I now fear I know my uncle's death was not natural.

이제 저는 삼촌의 죽음이 자연사가 아니었을까 봐 두렵습니다.

It was on a narrow hill street where he fell.

그가 추락한 곳은 좁은 언덕길이었다.

The street lead up from the ancient waterfront.

그 거리는 옛 해안가에서 위쪽으로 이어져 있었다.

The port-town swarms with foreign mongrels.

항구 도시는 외국 잡종견들로 북적거린다.

He fell after a careless push from a negro sailor.

그는 흑인 선원의 부주의한 밀침에 넘어졌다.

I had not forgotten the mixed blood of the cult-members in Louisiana.

나는 루이지애나에 있는 종교 집단 구성원들의 혼혈이라는

사실을 잊지 않았다.

I had not forgotten the sailors in the voodoo orgy.

나는 부두교 의식에 참여했던 선원들을 잊지 않았다.

And would not be surprised to learn that they had other knowledge too.

그들이 다른 지식도 가지고 있었다는 사실을 알게 되더라도

놀라지 않을 것입니다.

Secret methods as anciently known as the cryptic rites.

고대부터 암호 의식으로 알려진 비밀스러운 방법들.

Poison needles as ruthless their demonic beliefs.

독침은 그들의 악마적인 믿음만큼이나 무자비하다.

Legrasse and his men, it is true, have been let alone.

르그라스와 그의 부하들은 사실상 아무런 제재도 받지 않았다.

But in Norway a certain seaman who saw things is dead.

하지만 노르웨이에서는 그 사건을 목격한 한 선원이
사망했습니다.

Might not sinister ears have picked up my uncle's interest in the sculptor?

혹시 누군가 불길한 귀로 삼촌이 조각가에게 관심을 보인다는
사실을 알아챈 건 아닐까?

Might not the deeper inquiries of my uncle have drawn someone's attention?

삼촌의 더 심층적인 질문들이 누군가의 관심을 끌지 않았을까요?

I think Professor Angell died because he knew too much.

제 생각에 앤젤 교수님은 너무 많은 것을 알고 있었기 때문에
돌아가신 것 같아요.

Or he died because he was likely to learn too much.

혹은 그는 너무 많은 것을 알게 될 뻔해서 죽었을지도 모른다.

Whether I shall go out as he did remains to be seen.

내가 그처럼 나갈지는 두고 봐야 할 일이다.

Because I too have learned much about Cthulhu.

저 역시 크툴루에 대해 많은 것을 배웠기 때문입니다.

The Madness from the Sea
바다에서 온 광기

There is one great boon heaven could grant me.
하늘이 내게 베풀어줄 수 있는 가장 큰 은혜가 하나 있다.
The total effacing of the results of a mere chance.
단순한 우연의 결과가 완전히 지워지는 것.
I wish I had never seen that stray piece of paper.
그 길가의 종잇조각을 보지 않았더라면 좋았을 텐데.
My daily routine would normally not have taken me there.
평소 내 일과는 그곳에 갈 일이 전혀 없었을 것이다.
On any other day I would not have noticed anything.
다른 날이었다면 나는 아무것도 눈치채지 못했을 것이다.
It was an old number of an Australian journal.
그것은 호주 잡지의 오래된 호였습니다.
The Sydney Bulletin for April 18, 1925
1925년 4월 18일자 시드니 게시판
The paper had even slipped past the cutting bureau.
그 문서는 심지어 편집부의 검토조차 받지 않고 빠져나갔다.
I had largely given over my inquiries to a friend.
나는 대부분의 문의 사항을 친구에게 맡겼다.
He had taken on the work of most of the research.
그는 연구의 대부분을 맡았다.
He had come to refer to the group as the "Cthulhu Cult".
그는 그 집단을 "크툴루 숭배 집단"이라고 부르기 시작했다.
I was visiting my learned friend of Paterson, New Jersey.
저는 학식 있는 친구분이 계신 뉴저지주 패터슨에 방문
중이었습니다.
The curator of a local museum, and a mineralogist of note.
지역 박물관 큐레이터이자 저명한 광물학자.
While at his museum I had access to the reserved specimens.

그의 박물관에 있는 동안 나는 예약된 표본들을 볼 수 있었다.

And this is when an odd picture caught my attention.

바로 그때, 특이한 사진 한 장이 제 눈길을 사로잡았습니다.

Beneath one of the stones was the Sydney Bulletin I mentioned.

돌 중 하나 아래에 제가 언급했던 시드니 불레틴 신문이 있었습니다.

My friend has wide affiliations in all conceivable foreign lands.

내 친구는 상상할 수 있는 모든 해외 국가에 광범위한 인맥을 가지고 있다.

The picture was a half-tone cut of a hideous stone image.

그 그림은 흉측한 석상 이미지를 반투명하게 잘라낸 것이었다.

Almost identical with the stone Legrasse had found in the swamp.

르그라스가 늪에서 발견했던 돌과 거의 똑같다.

Eagerly I read the article for its precious contents.

나는 그 기사의 귀중한 내용에 매료되어 열심히 읽었다.

But I was disappointed to find that it was just a short article.

하지만 기사가 너무 짧아서 실망했습니다.

Although brief, the information was of portentous significance.

비록 간략했지만, 그 정보는 매우 중요한 의미를 지니고 있었다.

"MYSTERY DERELICT FOUND AT SEA"

"바다에서 정체불명의 폐선 발견"

Vigilant Arrives With Helpless Armed New Zealand Yacht in Tow.

비질런트함이 무력한 무장 뉴질랜드 요트를 예인하며 도착했다.

One Survivor and one Dead Man Found Aboard.

생존자 1명과 사망자 1명이 배에서 발견되었습니다.

Tale of Desperate Battle and Deaths at Sea.

절망적인 전투와 바다에서의 죽음에 대한 이야기.

Rescued Seaman Refuses Particulars of Strange Experience.

구조된 선원, 기이한 경험에 대한 자세한 내용 밝히기를 거부.

Odd Idol Found in His Possession, Inquiry to Follow.

그의 소지품에서 기이한 우상이 발견되어 조사가 진행될

예정이다.

The Alert of Dunedin yacht, N.Z., had been disabled in battle.

뉴질랜드 더니든 소속 요트 '알러트'호는 전투 중 손상을

입었습니다.

Previously the ship had left from Valparaiso on March 25th.

앞서 해당 선박은 3월 25일에 발파라이소에서 출항했습니다.

On April 2nd the ship was driven considerably south of her course.

4월 2일, 그 배는 항로에서 상당히 남쪽으로 밀려났습니다.

Exceptionally heavy storms had redirected the ship.

매우 심한 폭풍으로 인해 배의 항로가 바뀌었다.

Monster waves forced the ship to take a different route.

거대한 파도 때문에 배는 다른 항로를 택해야 했다.

On April 12th the ship was sighted by another ship.

4월 12일, 다른 배가 그 배를 목격했습니다.

Latitude 34° 21', Longitude 152° 17'

위도 34° 21', 경도 152° 17'

Initially they thought the ship had been deserted.

처음에 그들은 배가 버려진 줄 알았다.

But one still living man had been found on board.

하지만 배 안에서 살아있는 한 남자가 발견되었습니다.

This lone survivor was in a half-delirious condition.

유일한 생존자는 반혼수상태에 빠져 있었다.

The only other victim found was a man already dead a week.

발견된 다른 희생자는 이미 일주일 전에 사망한

남성뿐이었습니다.

Now the heavily armed steam yacht was being towed.

이제 중무장한 증기 요트가 예인되고 있었다.

And this morning the ship was coming in to its wharf.

오늘 아침 그 배는 부두로 들어오고 있었습니다.

The living man was clutching a horrible stone idol.

살아있는 남자는 끔찍한 돌 우상을 움켜쥐고 있었다.

The stone idol was about a foot in height.

그 돌 조각상은 높이가 약 30cm 정도였다.

And the origins of the stone were completely unknown.

그리고 그 돌의 기원은 전혀 알려지지 않았습니다.

Authorities at Sydney university were baffled.

시드니 대학교 관계자들은 당황했다.

The Royal Society couldn't offer information about the idol.

왕립학회는 그 우상에 대한 정보를 제공할 수 없었습니다.

And the Museum in College street had no insights either.

그리고 컬리지 스트리트에 있는 박물관에서도 아무런 단서를

얻지 못했습니다.

The survivor says he found the stone in the cabin of the yacht.

생존자는 요트 선실에서 그 돌을 발견했다고 말했습니다.

Allegedly the idol was in a small carved shrine.

전해지는 이야기에 따르면 그 우상은 작은 조각된 사당 안에
있었다고 한다.
And the carvings of the shrine were of common pattern.
그리고 신전의 조각들은 모두 같은 양식을 따르고 있었다.
This man eventually recovered back to his senses.
이 남자는 결국 정신을 차렸다.
And he told an exceedingly strange story of piracy and
slaughter.
그리고 그는 해적 행위와 학살에 관한 매우 기이한 이야기를
들려주었습니다.
He is Gustaf Johansen, a Norwegian of some intelligence.
그는 지적인 노르웨이인 구스타프 요한센입니다.
And he had been second mate of the two-masted schooner
Emma of Auckland.
그는 오클랜드 소속의 2돛 범선 엠마호의 2등 항해사였습니다.
The ship sailed for Callao February 20th, manned by eleven
sailors.
그 배는 11명의 선원을 태우고 2월 20일 칼라오를 향해 출항했다.
The ship, he says, was delayed and thrown widely south of
her course.
그는 배가 지연되면서 항로에서 크게 남쪽으로 벗어났다고
말했습니다.
There was a great storm on March 1st, and on March 22nd.
3월 1일과 3월 22일에 큰 폭풍이 불었습니다.
On their journey they encountered another ship.
그들은 항해 중에 다른 배를 만났습니다.
This was in S. Latitude 49° 51′, W. Longitude 128° 34′
이곳은 남위 49° 51′, 서경 128° 34′에 위치해 있었습니다.
This ship was manned by a queer and evil-looking crew.
이 배에는 기괴하고 사악해 보이는 선원들이 타고 있었다.
All the men were of Kanakas and half-castes.

그 남자들은 모두 카나카족과 혼혈이었다.

Being ordered peremptorily to turn back, Capt. Collins refused.

콜린스 대위는 단호하게 회항하라는 명령을 받았지만 거부했다.

Without warning the strange crew began to shoot savagely upon the schooner.

아무런 예고도 없이 낯선 선원들이 범선을 향해 무자비하게

총격을 가하기 시작했다.

They shot a peculiarly heavy battery of brass cannon.

그들은 유난히 무거운 황동 대포를 발사했다.

The men from his ship showed fighting spirit, says the survivor.

생존자의 말에 따르면, 그의 배에 탔던 사람들은 투지를

보여주었다고 합니다.

The schooner began to sink from shots beneath the waterline.

범선은 수면 아래에 가해진 포격으로 인해 가라앉기 시작했다.

But they managed to heave alongside their enemy boat, and board her.

하지만 그들은 간신히 적의 배 옆으로 다가가 승선할 수 있었다.

They grappled with the savage crew on the yacht's deck.

그들은 요트 갑판에서 야만적인 선원들과 몸싸움을 벌였다.

Their mode of fighting seemed to be strangely clumsy.

그들의 전투 방식은 이상하리만치 서툴러 보였다.

But defeat did not seem to be an option for these savage men.

하지만 이 야만적인 자들에게 패배는 선택지가 아닌 듯했다.

They had a particularly abhorrent and desperate way of fighting.

그들은 특히 혐오스럽고 필사적인 방식으로 싸웠다.

So they had no choice but to kill all men of the enemy ship.

그래서 그들은 적선의 모든 선원을 죽일 수밖에 없었습니다.

Three of their men were also killed in the fight.

그들의 부하 세 명도 전투에서 전사했다.

Capt. Collins and First Mate Green were among the dead.

콜린스 선장과 그린 일등 항해사도 사망자 명단에

포함되었습니다.

Second Mate Johansen took over control from First Mate Green.

이등 항해사 요한센이 일등 항해사 그린으로부터 조종권을

인계받았다.

And the remaining eight men proceeded to navigate the captured yacht.

나머지 여덟 명은 나포한 요트를 조종하기 시작했습니다.

They proceeded to continue in the original direction they were going.

그들은 원래 가던 방향으로 계속 나아갔다.

To see if there had been any reason they were ordered to turn around.

그들이 회항하라는 명령을 받은 이유가 있었는지 알아보기

위해서였다.

***

The next day, it appears, they landed on a small island.

다음날, 그들은 작은 섬에 도착한 것으로 보인다.

Although no island is known to exist in that part of the ocean.

그 해역에는 섬이 존재하는 것으로 알려져 있지 않습니다.

Six of the men somehow died ashore while on the island.

그 남자들 중 여섯 명은 섬에 도착한 후 어찌 된 일인지 육지에서

사망했습니다.

Though Johansen is queerly reticent about this part of his story.

요한센은 이 이야기의 이 부분에 대해 이상하리만치 말을 아낀다.

And he speaks only of their falling into a rock chasm.

그리고 그는 그들이 바위 틈으로 떨어졌다는 이야기만 합니다.

Later, it seems, he and one companion boarded the yacht.

이후 그는 동행자 한 명과 함께 요트에 탑승한 것으로 보인다.

Together they tried to sail the ship, undermanned.

그들은 인력이 부족한 상황에서 함께 배를 조종하려고 애썼다.

But they were beaten about by the storm of April 2nd.

하지만 그들은 4월 2일의 폭풍에 큰 피해를 입었습니다.

From that time till his rescue on the 12th, the man remembers little.

그 남자는 그때부터 12일에 구조될 때까지의 일을 거의 기억하지 못한다.

And he does not even recall when William Briden, his companion, died.

그리고 그는 동료였던 윌리엄 브라이든이 언제 죽었는지조차 기억하지 못한다.

Autopsy could reveal no obvious cause to Briden's death.

부검 결과 브라이든의 사망 원인은 명확히 밝혀지지 않았다.

The most likely cause of death is exposure to the elements.

사망의 가장 유력한 원인은 악천후에 노출된 것입니다.

The Dunedin reported that their boat, the Alert, was well known.

더니든 측은 자신들의 배인 얼러트호가 널리 알려져 있다고 보고했습니다.

The island traders bore an evil reputation along the waterfront.

섬 상인들은 해안가에서 악명 높은 평판을 얻고 있었다.

The ship was owned by a curious group of half-castes.

그 배는 특이한 혼혈인 집단의 소유였다.

Frequent meetings and night trips to the woods attracted curiosity.

잦은 모임과 야간 숲 탐험은 호기심을 불러일으켰다.

The ship had set sail in great haste on March 1st.

그 배는 3월 1일에 매우 급하게 출항했다.

Just after the storm, and the earth tremors that night.

폭풍이 지나간 직후였고, 그날 밤에는 지진이 발생했습니다.

Our Auckland correspondent gives the Emma excellent reputation.

오클랜드 특파원은 엠마호에 대해 매우 긍정적인 평가를 내렸습니다.

The Crew from the Emma were held very in high regard.

엠마호 승무원들은 매우 높은 평가를 받았습니다.

And Johansen is described as a sober and worthy man.

요한센은 절제 있고 훌륭한 사람으로 묘사됩니다.

The admiralty will institute an inquiry on the whole matter.

해군성은 이 사안 전체에 대해 조사를 시작할 것입니다.

Starting tomorrow they will collect all relevant information.

내일부터 모든 관련 정보를 수집할 예정입니다.

Every effort will be made to induce Johansen to speak.

요한센 씨가 말을 하도록 설득하기 위해 모든 노력을 다할 것입니다.

This and the hellish image were all the information I had to go on.

이것과 그 끔찍한 이미지가 내가 의지할 수 있는 전부였다.

But what a train of ideas that little information started in my mind!

하지만 그 작은 정보가 내 머릿속에 얼마나 많은 아이디어들을 불러일으켰는지!

Here were new treasuries of data on the Cthulhu Cult.

여기에는 크툴루 숭배에 관한 새로운 자료들이 가득했다.

The cult not only had interests on land.

그 종교 집단은 토지에만 관심을 가진 것이 아니었다.

Now there was evidence they also had connections to the sea.

이제 그들이 바다와도 연관이 있다는 증거가 나타났습니다.

What motive prompted the hybrid crew to order back the Emma?

하이브리드 승무원들이 엠마호를 반환하라고 명령한 동기는 무엇이었을까요?

Why did they sail about with their hideous idol?

그들은 왜 그 끔찍한 우상을 싣고 배를 타고 다녔을까?

What was the unknown island on which six of the Emma's crew had died?

엠마호 선원 6명이 사망한 그 미지의 섬은 무엇이었습니까?

And why was Johansen so secretive about their death?

요한센은 왜 그들의 죽음에 대해 그토록 비밀스러웠을까요?

What had the vice-admiralty's investigation brought out?

해군 부사령관의 조사 결과는 무엇이었습니까?

And what was known of the noxious cult in Dunedin?

더니든의 그 해로운 사이비 종교에 대해 알려진 것은 무엇이었습니까?

Nor could one help but marvel at the timing of the events.

사건 발생 시기의 절묘한 조화에 감탄하지 않을 수 없었다.

There was a deep and more than natural linkage between the dates.

두 날짜 사이에는 깊고 단순한 자연스러운 연관성이 있었다.

A malign and now undeniable significance to the various turns of events.

일련의 사건 전개에 있어 악의적이고 이제는 부인할 수 없는 의미가 있다.

***

My uncle had noted with great care the connecting events.

삼촌은 그 사건들이 서로 어떻게 연결되는지 아주 꼼꼼하게 기록해 두셨다.

On March 1st the earthquake and storm had come.

3월 1일에 지진과 폭풍이 몰아쳤습니다.

February 28th, according to the International Date Line.

국제 날짜 변경선에 따르면 2월 28일입니다.

From Dunedin the noisome crew of the Alert darted eagerly forth.

더니든에서 알러트호의 시끄러운 선원들은 열정적으로 배를 몰고 나갔다.

They moved as if they had been imperiously summoned.

그들은 마치 위엄 있는 소환을 받은 듯 움직였다.

On the other side of the earth the other events unfolded.

지구 반대편에서는 다른 사건들이 벌어졌다.

Poets and artists had begun to have their strange dreams.

시인과 예술가들은 기묘한 꿈을 꾸기 시작했다.

Dreams of a dank Cyclopean city from times long gone.

오래전 사라진 음침하고 거대한 도시에 대한 꿈.

A young sculptor was persuaded by these dreams too.

한 젊은 조각가 역시 이러한 꿈들에 설득당했다.

In his sleep he molded the form of the dreaded Cthulhu.

그는 잠자는 동안 무시무시한 크툴루의 형체를 빚어냈다.

On March 23rd the crew of the Emma landed on an unknown island.

3월 23일, 엠마호 승무원들은 미지의 섬에 상륙했다.

There on that island they left six men dead.

그 섬에서 그들은 여섯 명의 남자를 죽인 채 남겨두었다.

On that date the dreams of sensitive men assumed a heightened vividness.

그날, 감수성이 예민한 남자들의 꿈은 더욱 생생해졌다.

Their dreams darkened with dread of a giant monster's malign pursuit.

그들의 꿈은 거대한 괴물의 사악한 추격에 대한 공포로 어두워졌다.

One architect went mad from his dreams that night.

한 건축가는 그날 밤 꿈 때문에 정신이 나갔다.

And a sculptor had lapsed suddenly into delirium!

한 조각가가 갑자기 섬망 증세에 빠졌다!

And then there was the storm of April 2nd.

그리고 4월 2일에는 폭풍이 몰아쳤습니다.

The date on which all dreams of the dank city ceased.

음침한 도시에 대한 모든 꿈이 사라진 날.

Wilcox emerged unharmed from the bondage of strange fever.

윌콕스는 원인 모를 열병의 고통에서 무사히 벗어났다.

And everything appeared to be normal again.

그리고 모든 것이 다시 정상으로 돌아온 것처럼 보였다.

But what about the hints old Castro had suggested?

하지만 카스트로 전 대통령이 암시했던 힌트들은 어떻게 된 걸까요?

What about the sunken, star-born old ones?

가라앉은, 별에서 태어난 오래된 것들은 어떻습니까?

What about their promised return and coming reign?

그들이 약속한 귀환과 다가올 통치는 어떻게 되는 건가요?

What about their faithful cult and their mastery of dreams?

그들의 충실한 추종자들과 꿈에 대한 그들의 지배력은 어떻습니까?

Was I tottering on the brink of cosmic horrors?

나는 우주적 공포의 벼랑 끝에 서 있었던 것일까?

Cosmic horrors far beyond man's power to bear?

인간이 감당할 수 없는 우주적 공포?

If so, they must be horrors of the mind alone.

그렇다면 그것들은 순전히 정신적인 공포일 뿐일 것이다.

On the second of April there was sudden coordinated calm.

4월 2일, 갑작스럽고 조직적인 평온이 찾아왔다.

The monstrous menace that sieged mankind's soul had
vanished.

인류의 영혼을 짓누르던 끔찍한 위협이 사라졌다.

That evening I made all necessary arrangements for onwards
travel.

그날 저녁, 나는 다음 여정을 위한 모든 필요한 준비를 마쳤다.

I bade my host adieu and took a train for San Francisco.

나는 주인에게 작별 인사를 하고 샌프란시스코행 기차를 탔다.

***

In less than a month I was at the port of Dunedin.

한 달도 채 안 되어 나는 더니든 항에 도착했다.

Here, however, my investigation stumbled slightly.

하지만 여기서 제 조사는 약간의 난관에 부딪혔습니다.

I inquired in the old sea taverns where the men had
lingered.

나는 그 남자들이 머물렀던 옛 바닷가 선술집들에 문의해 보았다.

But little was known of the strange cult members.

하지만 그 기이한 종교 집단 구성원들에 대해서는 알려진 바가

거의 없었다.

Waterfront scum was far too common for special mention.

항구 주변의 찌꺼기는 너무 흔해서 특별히 언급할 필요도 없었다.

But there was vague talk about one inland trip these mongrels had made.

하지만 이 잡종견들이 내륙으로 한 번 여행을 갔다는 막연한 이야기가 있었습니다.

Faint drumming and red flames were noted on the distant hills.

멀리 언덕에서 희미한 북소리와 붉은 불꽃이 목격되었다.

In Auckland I learned only a little more of Johansen.

오클랜드에서 나는 요한센에 대해 조금 더 알게 되었을 뿐이다.

He had been taken to Sydney for the investigation.

그는 조사를 위해 시드니로 이송되었다.

A perfunctory and inconclusive questioning turned his hair white.

형식적이고 결론 없는 심문으로 그의 머리카락은 하얗게 세었다.

Thereafter he sold his cottage in West Street.

그 후 그는 웨스트 스트리트에 있는 자신의 작은 집을 팔았습니다.

And he sailed with his wife to his old home in Oslo.

그는 아내와 함께 배를 타고 옛 고향인 오슬로로 향했습니다.

His experience had clearly stirred him deeply.

그의 경험은 분명 그에게 깊은 영향을 미쳤다.

But he told his friends no more than he had told the admiralty officials.

하지만 그는 해군 관리들에게 말했던 것 이상은 친구들에게 말하지 않았다.

And all they could do was to give me his Oslo address.

그들이 해줄 수 있는 거라고는 그의 오슬로 주소를 알려주는 것뿐이었어요.

After that I went to Sydney and talked profitlessly with seamen.

그 후 나는 시드니로 가서 선원들과 아무 소득 없이 이야기를 나눴다.

Members of the vice-admiralty court could not enlighten me either.

해사재판소 판사들도 내게 아무런 설명을 해줄 수 없었다.

I tracked the Alert down to Circular Quay in Sydney Cove.

저는 경보기가 시드니 코브의 서큘러 키에서 발각된 것을

확인했습니다.

The ship had been sold and was again in commercial use.

그 배는 매각되어 다시 상업적으로 사용되고 있었다.

But I could gain no further clues from the ship's cargo.

하지만 배의 화물에서는 더 이상의 단서를 얻을 수 없었습니다.

The image was preserved in the Museum at Hyde Park.

그 이미지는 하이드 파크 박물관에 보존되어 있습니다.

The cuttlefish head, dragon body, and scaly wings.

오징어 머리, 용의 몸통, 그리고 비늘 달린 날개.

The monster crouching atop the hieroglyphed pedestal.

괴물이 상형문자가 새겨진 받침대 위에 웅크리고 있다.

I studied every detail of the idol long and well.

나는 그 우상의 모든 세부 사항을 오랫동안 꼼꼼히 연구했다.

The relic was a thing of balefully exquisite workmanship.

그 유물은 섬뜩할 정도로 정교한 세공 기술로 만들어진

물건이었다.

I couldn't help but notice the similarity to Legrasse's smaller specimen.

나는 그것이 르그라스의 더 작은 표본과 유사하다는 것을

알아차리지 않을 수 없었다.

Both idols had the same utter mystery and terrible antiquity.

두 우상 모두 똑같이 불가사의하고 무시무시한 고대성을 지니고

있었다.

And both idols had the same unearthly strangeness of material.

그리고 두 우상 모두 재질이 이 세상 것이 아닌 듯한 기묘함을
지니고 있었다.
Geologists, the curator told me, had found it a monstrous
puzzle.
큐레이터는 지질학자들이 그것을 엄청난 수수께끼로 여겼다고
내게 말했다.
They insisted that the world held no rock like this one.
그들은 세상에 이와 같은 바위는 없다고 주장했다.
Then I thought with a shudder of what old Castro had told
Legrasse.
그때 나는 카스트로 노인이 르그라스에게 했던 말을 떠올리며
몸서리쳤다.
The tale of the primal great ones, sunken under the sea.
태초의 위대한 존재들이 바닷속에 가라앉았다는 이야기.
"They had come from the stars."
"그들은 별에서 왔다."
"They had brought their images with them."
"그들은 자신들의 이미지를 가지고 왔다."
I was shaken with a mental revolution as I had never before
known.
나는 이전에는 경험해 보지 못했던 정신적 혁명에 휩싸였다.
I was now completely resolved to visit Mate Johansen in
Oslo.
나는 이제 오슬로에 있는 마테 요한센을 반드시 만나기로
마음먹었다.
Sailing for London, I re-embarked at once for the Norwegian
capital.
런던행 배에 오르자마자 곧바로 노르웨이 수도로 향하는 배에
다시 승선했습니다.
And one autumn day I landed at the wharves.
어느 가을날, 나는 부두에 도착했다.

***

Johansen's hometown was in the shadow of the Egeberg.

요한센의 고향은 에게베르크 산자락에 자리 잡고 있었다.

I discovered he lived in the Old Town of King Harold Haardrada.

나는 그가 킹 하랄드 하르드라다의 구시가지에 살고 있다는 것을 알게 되었다.

For centuries the greater city had masqueraded as "Christiania".

수 세기 동안 그 대도시는 "크리스티아니아"라는 이름으로 위장해 왔다.

King Harald Hardrada kept alive the name of Oslo.

하랄드 하르드라다 왕은 오슬로의 이름을 영원히 기억되게 했다.

I made the brief trip to his residences by taxicab.

나는 택시를 타고 그의 집까지 잠깐 다녀왔다.

A neat and ancient building with plastered front.

깔끔하고 고풍스러운 건물로, 정면은 회반죽으로 마감되어 있다.

And I knocked with palpitant heart at the door.

나는 두근거리는 심장을 안고 문을 두드렸다.

A sad-faced woman in black answered my summons.

검은 옷을 입고 슬픈 표정을 한 여자가 내 부름에 응답했다.

I was stung with disappointment at the sight.

그 광경을 보고 나는 큰 실망감을 느꼈다.

She told me in halting English that Gustaf Johansen was no more.

그녀는 서툰 영어로 구스타프 요한센이 더 이상 살아있지 않다고 말했다.

He had not long survived his return, said his wife.

그는 돌아온 후 얼마 지나지 않아 세상을 떠났다고 그의 아내가
말했다.
The doings at sea in 1925 had broken him.
1925년 바다에서 벌어진 일들이 그를 완전히 무너뜨렸다.
He had told her no more than he had told the public.
그는 그녀에게 대중에게 말한 것 이상의 내용은 말하지 않았다.
But he had left a long manuscript of "technical matters".
하지만 그는 "기술적인 문제"에 관한 긴 원고를 남겼습니다.
These notes of the voyage had been written in English.
이 항해 기록은 영어로 작성되었다.
Evidently in order to safeguard her from the peril of casual
perusal.
분명히 누군가 무심코 훑어보는 위험으로부터 그녀를 보호하기
위한 조치일 것이다.
He had gone for a walk through a narrow lane near the
Gothenburg dock.
그는 예테보리 부두 근처의 좁은 골목길을 산책하러 나갔다.
A bundle of papers falling from an attic window had
knocked him down.
다락방 창문에서 떨어진 서류 뭉치에 깔려 넘어졌다.
Two Lascar sailors at once helped him to his feet.
라스카르 선원 두 명이 즉시 그를 일으켜 세웠다.
But before the ambulance could reach him he was dead.
하지만 구급차가 도착하기도 전에 그는 이미 사망했습니다.
The physicians found no adequate cause for his death.
의사들은 그의 사망 원인을 명확히 밝혀내지 못했다.
They mostly attributed his death to heart trouble.
그들은 그의 사망 원인을 대부분 심장 질환으로 돌렸다.
But they added his weakened constitution most likely
contributed.

하지만 그들은 그의 약해진 체질이 원인 중 하나였을 가능성이
크다고 덧붙였다.

I now felt a deep gnawing at my vitals.
이제 내 몸의 모든 장기가 갉아먹히는 듯한 고통을 느꼈다.

A dark terror which will never leave me till I, too, am at rest.
내가 마침내 평안을 찾을 때까지 결코 나를 떠나지 않을 어두운
공포.

Whether my death will come "accidentally" or not I can't tell.
내 죽음이 "사고"로 찾아올지 아니면 의도적으로 찾아올지는 알
수 없다.

I spoke to the widow about her husband's work.
나는 미망인에게 남편의 직업에 대해 이야기를 나눴다.

And I persuaded her I had a "technical" connection to him.
그리고 나는 그녀에게 내가 그와 "기술적인" 관계가 있다고
설득했다.

So she felt I was sufficiently entitled to the manuscript.
그래서 그녀는 내가 그 원고를 받을 자격이 충분하다고
생각했습니다.

And so I attained the dead man's writing.
그리하여 나는 그 죽은 자의 글을 손에 넣었다.

I began to read the documents on the boat to London.
나는 런던행 배에서 서류들을 읽기 시작했다.

They were little more than simple, rambling notes.
그것들은 그저 단순하고 두서없는 메모에 불과했다.

A naive sailor's effort at a post-facto diary.
순진한 선원이 사후에 쓴 일기.

He strove to recall that last awful voyage day by day.
그는 그 끔찍했던 마지막 항해를 날마다 되짚어보려 애썼다.

I cannot attempt to transcribe his notes verbatim.
저는 그의 메모를 그대로 옮겨 적을 수는 없습니다.

The manuscript is clouded with vagueness and redundance.

원고는 모호하고 장황하다.

But I will tell the gist of what he wrote.

하지만 그가 쓴 내용의 요지는 말씀드리겠습니다.

Perhaps then you will understand why I stuffed my ears with cotton.

그러면 제가 왜 귀에 솜을 넣었는지 이해하실 수 있을 겁니다.

The sound of the water against the vessel's sides became unendurable.

배의 측면에 부딪히는 물소리가 견딜 수 없을 정도로 거세졌다.

***

Johansen, thank God, did not quite know what he had seen.

다행히 요한센은 자신이 본 것이 무엇인지 정확히 알지 못했습니다.

But it is evident he had seen the city and the Thing.

하지만 그가 도시와 그 괴물을 보았다는 것은 분명하다.

I shall never sleep calmly again when I think of the horrors.

그 끔찍한 일들을 떠올리면 다시는 마음 편히 잠들 수 없을 것 같다.

The horrors that lurk ceaselessly behind life in time and space.

시간과 공간 속 삶의 이면에 끊임없이 도사리고 있는 공포.

Those unhallowed blasphemies that come from elder stars.

저 불경스러운 신성모독들은 고대 별들로부터 오는 것이다.

Dreamers beneath the sea known only by a nightmare cult.

악몽 숭배 집단만이 아는 바닷속 몽상가들.

A cult ready and eager to release these monsters into the world.

이 괴물들을 세상에 풀어놓기를 간절히 바라는 광신도 집단.

Whenever another earthquake raises their monstrous stone city again.

지진이 또다시 일어나 그 거대한 석조 도시를 다시 일으켜 세울 때마다.

When Cthulhu is under the light of the sun once more.

크툴루가 다시 햇빛 아래에 서게 될 때.

Johansen's voyage had begun just as he told it to the vice-admiralty.

요한센의 항해는 그가 부제독에게 이야기했던 대로 시작되었다.

The Emma, in ballast, had cleared Auckland on February 20th.

엠마호는 짐을 실은 채 2월 20일에 오클랜드를 출항했습니다.

The ship had felt the full force of that earthquake-born tempest.

그 배는 지진으로 발생한 폭풍의 위력을 고스란히 느꼈다.

The horrors from the sea-bottom that filled men's dreams.

인간의 꿈을 가득 채웠던 바닷속 공포.

Once under control again the ship was making good progress.

다시 통제권을 되찾은 배는 순조롭게 전진하고 있었다.

But then the ship was held up by the Alert on March 22nd.

하지만 그 배는 3월 22일 알러트호에 의해 억류되었습니다.

I could feel the mate's regret as he wrote of her bombardment and sinking.

그가 포격과 침몰에 대해 쓴 글에서 나는 그의 후회를 느낄 수 있었다.

Of the swarthy cult-fiends on the other boat he speaks with horror.

그는 맞은편 배에 탄 거무스름한 피부의 광신도들에 대해 공포에 질린 목소리로 말했다.

There was some peculiarly abominable quality about them.

그들에게는 어딘가 기묘하고 혐오스러운 면이 있었다.

Something made their destruction seem almost a duty.

무언가가 그들의 파멸을 거의 의무처럼 보이게 만들었다.

This point was brought up during the proceedings of the court of inquiry.

이 점은 조사위원회의 심리 과정에서 제기되었습니다.

Johansen shows ingenuous wonder at the accusation of ruthlessness.

요한센은 무자비하다는 비난에 순진한 놀라움을 드러낸다.

Curiosity is what drove the men on in their captured yacht.

그들이 나포된 요트를 타고 계속 나아간 원동력은 호기심이었다.

Sticking out of the sea the men sighted a great stone pillar.

바다에서 솟아오른 거대한 돌기둥이 보였다.

In South Latitude 47° 9', West Longitude 126° 43' they come upon a coastline.

남위 47° 9', 서경 126° 43'에서 그들은 해안선에 다다랐다.

The coastline was of mingled mud, ooze, and weedy Cyclopean masonry.

해안선은 진흙과 질척한 점액, 그리고 잡초가 무성한 거대한 석조 구조물이 뒤섞여 있었다.

Nothing less than the tangible substance of earth's supreme terror.

그것은 지구상 최고의 공포를 실체화한 것과 다름없다.

They had come across the nightmare corpse-city of R'lyeh.

그들은 악몽 같은 시체들의 도시 르라이예를 마주하게 되었다.

A city built in measureless eons behind history.

헤아릴 수 없는 오랜 세월 전에 건설된 도시.

Monuments to vast loathsome shapes that seeped down from the dark stars.

어두운 별들로부터 스며든 거대하고 혐오스러운 형체들의 기념비.

There lay great Cthulhu and his hordes for incalculable cycles.

그곳에는 헤아릴 수 없는 세월 동안 거대한 크툴루와 그의 무리가
널려 있었다.

Hidden in green slimy vaults, they sent out their thoughts.

초록색의 미끈미끈한 금고 속에 숨어 있던 그들은 생각을
내보냈다.

The thoughts that spread fear to the dreams of the sensitive.

예민한 사람들의 꿈에 공포를 심어주는 생각들.

The thoughts that called imperiously to the faithful.

신도들을 위엄 있게 부르는 생각들.

"Come on a pilgrimage of liberation and restoration."

"해방과 회복의 순례길에 함께하세요."

All this horror Johansen had no way of suspecting.

요한센은 이 모든 끔찍한 일들을 전혀 예상하지 못했다.

But God knows he had soon seen enough!

하지만 하나님은 아시겠지만, 그는 곧 충분히 보았다는 것을
깨달았다!

I suppose what they saw was only a single mountain-top.

제 생각에 그들이 본 것은 산봉우리 하나뿐이었을 겁니다.

Soon the rest of the city emerged from the waters.

곧 도시의 나머지 부분도 물 위로 모습을 드러냈다.

The hideous monolith-crowned citadel where great Cthulhu
was buried.

거대한 크툴루가 묻힌, 흉측한 석조 왕관이 얹힌 요새.

I shudder to think of all that may be brooding down there.

저 아래에서 무슨 일들이 벌어지고 있을지 생각만 해도 소름이
끼친다.

And I almost wish to kill myself to stop these thoughts.

이런 생각을 멈추기 위해 차라리 자살하고 싶다는 생각까지 든다.

***

Johansen and his men were awed by the cosmic majesty.

요한센과 그의 부하들은 우주의 장엄함에 경외감을 느꼈다.

They beheld the sight of this dripping Babylon of elder demons.

그들은 고대 악마들의 축축한 바빌론과 같은 광경을 목격했다.

They must have guessed without guidance what it was they saw.

그들은 안내 없이 자신들이 본 것이 무엇인지 짐작했을 것이다.

What they saw was nothing of this or of any sane planet.

그들이 본 것은 이 세상이나 그 어떤 정상적인 행성의 모습과도 전혀 달랐다.

The unbelievable size of the greenish stone blocks.

믿을 수 없을 정도로 거대한 녹색 돌덩이들.

The dizzying height of the great carven monolith.

아찔할 정도로 높이 솟은 거대한 조각 석조물.

And then there was the bas-reliefs found on the captured ship.

그리고 포획된 배에서 발견된 부조들도 있었습니다.

The colossal statues mirrored the scene on the carvings.

거대한 조각상들은 조각상의 장면을 그대로 반영하고 있었다.

Johansen achieved something very close to futurism.

요한센은 미래주의에 매우 가까운 무언가를 성취했다.

Because he did not describe any definite structure or building.

그는 특정한 구조물이나 건물을 묘사하지 않았기 때문입니다.

He dwelled on the broad impressions of vast angles and stone surfaces.

그는 광활한 각도와 돌 표면이 주는 전반적인 인상에 몰두했다.

Surfaces too great to belong to anything right or proper for this earth.

이 지구에 어떤 것도 옳거나 적절하다고 여겨질 수 없을 만큼
거대한 표면들.
Surfaces impious with horrible images and hieroglyphs.
표면은 불경스럽고 끔찍한 이미지와 상형문자로 가득 차 있다.
There is a reason I mention his talk about angles.
제가 그가 각도에 대해 이야기한 것을 언급하는 데에는 이유가
있습니다.
**It reminds me of something Wilcox had told me of his awful
dreams.**
그건 윌콕스가 내게 들려줬던 끔찍한 꿈 이야기를 떠올리게 해.
**He had said that the geometry of the dream-place he saw
was abnormal.**
그는 자신이 본 꿈속 장소의 기하학적 구조가 비정상적이라고
말했었다.
Non-Euclidean spheres unlike anything here on earth.
지구상에 존재하는 어떤 것과도 다른 비유클리드 구체.
Loathsomely redolent dimensions completely unlike ours.
우리와는 완전히 다른, 역겨운 냄새가 진동하는 차원들.
Now a seaman was describing the exact same thing.
한 선원이 똑같은 상황을 묘사하고 있었다.
They bad both had the same terrible glimpse of this reality.
두 사람 모두 이 현실의 끔찍한 단면을 똑같이 목격했다.
Johansen and his men landed at a sloping mud-bank.
요한센과 그의 부하들은 경사진 진흙 둑에 상륙했다.
And they looked up at this monstrous Acropolis.
그리고 그들은 저 거대한 아크로폴리스를 올려다보았다.
They clambered slippery up over titan oozy blocks.
그들은 미끄러운 거대한 진흙 덩어리들을 기어올랐다.
Blocks which could have been no mortal staircase.
평범한 사람이 만들 수 없는 계단처럼 보이는 블록들.
The very sun of heaven seemed distorted in this mist.

하늘의 태양조차도 이 안개 속에서 왜곡되어 보였다.

A polarizing miasma welling out from this sea-soaked perversion.

바닷물에 흠뻑 젖은 이 기괴함에서 뿜어져 나오는 극단적인 악취.

Twisted menace and suspense lurked in those elusive rocks.

뒤틀린 위협과 긴장감이 그 불가사의한 바위 속에 도사리고 있었다.

A second glance showed concavity where the first showed convexity.

자세히 보니 처음 봤을 때는 볼록해 보였던 부분이 오목해 보였다.

Something very like fright had come over all the explorers.

탐험가들 모두에게 공포와 매우 비슷한 감정이 밀려왔다.

Each man would have fled had he not feared the scorn of the others.

만약 그들이 다른 사람들의 조롱을 두려워하지 않았더라면, 각자 도망쳤을 것이다.

And it was only half-heartedly that they vainly searched.

그들은 마지못해 헛되이 수색을 벌였다.

They were looking for some portable souvenir to bear away.

그들은 가져갈 수 있는 휴대용 기념품을 찾고 있었다.

It was Rodriguez, the Portuguese, who climbed up the foot of the monolith.

그 거대한 돌기둥 기슭까지 올라간 사람은 포르투갈인 로드리게스였다.

From there he shouted of what he had found.

그는 그곳에서 자신이 발견한 것을 소리쳐 알렸다.

The rest followed him to the foot of the monolith.

나머지 사람들도 그를 따라 거석 기슭까지 갔다.

They looked curiously at the immense door in front of them.

그들은 눈앞의 거대한 문을 호기심 어린 눈으로 바라보았다.

The now familiar squid-dragon was carved on the door.

이제는 익숙해진 오징어 용 그림이 문에 새겨져 있었다.

It was, Johansen said, like a great barn-door.

요한센은 그것이 마치 거대한 헛간 문 같았다고 말했다.

Although they said it only gave the impression of a door.

그들은 그것이 단지 문처럼 보일 뿐이라고 말했습니다.

They could not decide if the door lay flat like a trap-door.

그들은 문이 덧문처럼 평평하게 놓여 있는지 확신할 수 없었다.

Or maybe the opening was slanted like an outside cellar-door.

아니면 입구가 마치 바깥 지하실 문처럼 비스듬하게 되어 있었을지도 모른다.

As Wilcox would have said, the geometry of the place was all wrong.

윌콕스가 말했듯이, 그곳의 기하학적 구조는 완전히 잘못되었다.

One could not be sure that the sea and the ground were horizontal.

바다와 땅이 수평인지 확신할 수 없었다.

Hence the relative position of everything else seemed phantasmally variable.

그래서 다른 모든 것들의 상대적인 위치가 환상적으로 변하는 것처럼 보였다.

Briden pushed at the stone in several places, without result.

브라이든은 돌을 여러 군데 밀어봤지만 아무 소용이 없었다.

Then Donovan felt delicately over around the edge of the door.

그러자 도노반은 조심스럽게 문 가장자리를 더듬어 보았다.

He climbed interminably along the grotesque stone molding.

그는 기괴한 돌담을 따라 끝없이 올라갔다.

Although, if you could really call it climbing is debatable.

하지만 그걸 진정한 등반이라고 부를 수 있을지는 논란의 여지가 있습니다.

Perhaps the door was more horizontal than vertical.

어쩌면 문은 수직보다는 수평에 더 가까웠을지도 모릅니다.

And the men wondered how any door in the universe could be so vast.

그리고 그 남자들은 우주에 있는 어떤 문이라도 그렇게 거대할 수 있는지 궁금해했다.

Then, very softly and slowly, something began to happen.

그러자 아주 부드럽고 천천히 무언가가 일어나기 시작했습니다.

The acre-great panel began to give inward at the top.

에이커 크기의 패널 상단이 안쪽으로 휘어지기 시작했습니다.

And they saw that the door had balanced itself.

그리고 그들은 문이 균형을 잡고 있는 것을 보았다.

***

Donovan somehow propelled himself back along the jamb.

도노반은 어떻게든 몸을 앞으로 밀어 문설주를 따라 다시 돌아왔다.

And everyone watched the queer recession of the monstrously carven portal.

그리고 모두가 기괴하게 조각된 출입구의 이상한 후퇴를 지켜보았다.

In this fantasy of prismatic distortion it moved anomalously in a diagonal way.

프리즘 왜곡이라는 환상 속에서 그것은 비정상적으로 대각선 방향으로 움직였다.

All the rules of matter and perspective seemed confused.

물질과 관점의 모든 법칙이 뒤죽박죽이 된 것 같았다.

The aperture was black with a darkness almost material.

조리개는 거의 물질적인 어둠으로 뒤덮인 검은색이었다.

That tenebrousness was indeed a positive quality.

그 어두컴컴함은 분명 긍정적인 특성이었다.

The men were spared from seeing the inner walls.

그들은 내부 성벽을 볼 필요가 없었다.

The darkness burst forth like smoke from its eon-long imprisonment.

오랜 세월 갇혀 있던 어둠이 마치 연기처럼 솟구쳐 올랐다.

The sun was visibly darkened by flapping membranous wings.

얇고 막질인 날갯짓 때문에 해가 눈에 띄게 어두워졌다.

And the shadow slunk away into the shrunken and gibbous sky.

그리고 그 그림자는 쪼그라들고 볼록해진 하늘 속으로 슬그머니 사라졌다.

The odor arising from the newly opened depths was intolerable.

새로 뚫린 깊은 곳에서 풍겨오는 악취는 참을 수 없을 정도였다.

The quick-eared Hawkins thought he heard a nasty, slopping sound.

귀가 예민한 호킨스는 역겹고 질척거리는 소리를 들은 것 같았다.

His ears were confirmed when It lumbered slobberingly into sight.

그것이 침을 질질 흘리며 어슬렁거리며 모습을 드러냈을 때, 그의 귀는 틀림없이 맞았다는 것을 확인했다.

Its gelatinous green immensity groped through the black hall.

젤리처럼 끈적거리는 거대한 초록색 물체가 검은 복도를 더듬어 나갔다.

And Its ooze and smell squeezed through the angled door.

그리고 그 진물과 악취가 비스듬히 난 문틈으로 새어 들어왔다.

The Thing went into the tainted air of that poison city of madness.

그 괴물은 광기로 가득 찬 독의 도시, 그 오염된 공기 속으로 들어갔다.

Poor Johansen's handwriting almost gave out when he wrote of this.

불쌍한 요한센은 이 내용을 적느라 글씨가 거의 망가질 뻔했다.

He thinks two men perished of pure fright in that accursed instant.

그는 그 저주받은 순간에 두 사람이 순전히 공포 때문에 죽었다고 생각한다.

The Thing cannot be described with our language.

그것은 우리의 언어로는 설명할 수 없다.

There are no words for such abysms of shrieking and immemorial lunacy.

이처럼 비명과 오랜 광기의 심연을 표현할 단어는 없다.

Eldritch contradictions of all matter, force, and cosmic order.

물질, 힘, 그리고 우주 질서의 불가사의한 모순들.

A mountain that walked and stumbled on the earth. God!

땅 위를 걷고 넘어지던 산. 신이시여!

No wonder that across the earth a great architect went mad.

전 세계적으로 위대한 건축가가 미쳐버린 것도 놀랄 일이 아니다.

No wonder poor Wilcox raved with fever in that telepathic instant.

그 순간 텔레파시가 통하면서 불쌍한 윌콕스가 열에 들끓었던 것도 당연한 일이다.

The green, sticky spawn of the stars, was walking the earth.

별들이 낳은 푸르고 끈적끈적한 생명체가 땅 위를 걷고 있었다.

The Thing of the idols had awaked to claim his own.

우상의 존재가 깨어나 자신의 것을 차지하려 했다.

The stars were aligned again, as was predicted.

예상대로 모든 상황이 다시 한번 맞아떨어졌습니다.

An age-old cult had failed in their duties.

오랜 역사를 가진 한 종교 집단이 자신들의 의무를 다하지 못했다.

And a band of innocent sailors fulfilled their role by accident.

그리고 한 무리의 무고한 선원들이 우연히 그들의 역할을
수행하게 되었습니다.

After vigintillions of years great Cthulhu was loose again.

수십억 년이라는 시간이 흐른 후, 위대한 크툴루가 다시
풀려났다.

And now great Cthulhu was ravening for delight.

그리고 이제 위대한 크툴루는 쾌락에 미쳐 날뛰고 있었다.

Three men were swept up by the flabby claws before anybody turned.

누군가 돌아보기도 전에 세 남자가 흐물흐물한 발톱에
휩쓸려갔다.

God rest them, if there be any rest in the universe.

만약 이 우주에 안식이 있다면, 부디 그들이 평안히 잠들기를.

Let it be known that their names were Donovan, Guerrera and Angstrom.

그들의 이름은 도노반, 게레라, 그리고 앙스트롬이었음을
알려드립니다.

Parker slipped as he was trying to make his escape.

파커는 탈출을 시도하다가 미끄러졌다.

The other three were plunging frenziedly back to the boat.

나머지 세 명은 미친 듯이 배 쪽으로 뛰어들었다.

They ran over endless vistas of green-crusted rock.

그들은 끝없이 펼쳐진 초록빛 바위산을 가로질러 달렸다.

Johansen swears he was swallowed up by an angle of masonry.

요한센은 자신이 석조물의 모서리에 빨려 들어갔다고 맹세한다.

An angle which shouldn't have been there.

거기에 있어서는 안 될 각도였다.

An angle which was acute, but behaved as if it were obtuse.

예각이지만 둔각처럼 작용하는 각.

Only Briden and Johansen made it back to the boat.

브리덴과 요한센만이 배로 돌아올 수 있었다.

The two men had a moment of good fortune.

두 남자는 순간 행운을 얻었다.

The mountainous monstrosity flopped down on the slimy stones.

그 거대한 산덩어리는 미끈미끈한 돌 위에 털썩 주저앉았다.

And the beast hesitated floundering at the edge of the water.

그러자 그 짐승은 물가에서 머뭇거리며 허우적거렸다.

The steam boat had not entirely run out of hot coals.

증기선은 뜨거운 석탄이 완전히 떨어진 것은 아니었다.

Despite the departure of all men for the shore.

모든 남자들이 해안으로 떠났음에도 불구하고.

Feverishly the two men rushed up and down between wheels.

두 남자는 정신없이 바퀴 사이를 오르내리며 뛰어다녔다.

It was the work of only a few moments to get the engine going.

엔진을 시동하는 데는 단 몇 분밖에 걸리지 않았습니다.

Amidst the distorted horrors of that indescribable scene.

그 형언할 수 없는 장면의 왜곡된 공포 속에서.

Slowly their boat began to churn the lethal waters beneath her.

그들의 배는 천천히 아래의 위험한 물살을 휘젓기 시작했다.

And they moved along the masonry of that charnel shore.

그리고 그들은 시체가 널린 해안의 석조 구조물을 따라 이동했다.

That strange coastline that was not from this world.

저 기묘한 해안선은 마치 이 세상의 것이 아닌 것 같았다.

The titan Thing from the stars slavered and gibbered.

별에서 온 거대한 괴물은 침을 질질 흘리며 횡설수설했다.

Like Polypheme cursing the fleeing ship of Odysseus.

폴리페메가 오디세우스의 도망치는 배를 저주했던 것처럼.

Then great Cthulhu slid greasily into the water.

그러자 거대한 크툴루는 미끈미끈하게 물속으로 미끄러져 들어갔다.

Bolder and more daring than the storied Cyclops.

전설 속 외눈박이 거인보다 더 대담하고 용감하다.

Cthulhu pursued them through the water with cosmic movement.

크툴루는 우주적인 움직임으로 물속에서 그들을 추격했다.

Briden looked back from the ship and started laughing shrilly.

브라이든은 배에서 뒤를 돌아보며 날카로운 웃음을 터뜨렸다.

From that moment Briden continued laughing at odd intervals.

그 순간부터 브라이든은 불규칙적으로 웃음을 터뜨렸다.

But Johansen had not given up yet.

하지만 요한센은 아직 포기하지 않았다.

He knew his ship had no chance of outpacing the thing.

그는 자신의 배가 그 괴물을 앞지를 가능성이 전혀 없다는 것을 알고 있었다.

So he resolved on taking a desperate chance.

그래서 그는 절망적인 모험을 감행하기로 결심했다.

He loaded the furnace and set the engine for full speed.

그는 용광로에 연료를 넣고 엔진을 최고 속도로 작동시켰다.

And then he ran lightning-like on deck and reversed the wheel.

그러자 그는 번개처럼 갑판으로 달려가 키를 돌렸다.

There was a mighty eddying and foaming in the noisome brine.

역겨운 소금물 속에서는 거대한 소용돌이와 거품이 일고 있었다.

The steam mounted higher and higher into the sky.

수증기는 점점 더 하늘 높이 치솟았다.

And the brave Norwegian reversed the course of the chase.

그리고 용감한 노르웨이인은 추격전의 흐름을 바꿨습니다.

Before him rose the unclean froth like the stern of a demon galleon.

그의 앞에는 악마의 갤리선 선미처럼 더러운 거품이 솟아올랐다.

He drove his vessel head on against the pursuing jelly.

그는 자신의 배를 몰아 쫓아오는 해파리를 정면으로 겨냥했다.

The awful squid-head came nearly up to the yacht's bowsprit.

그 끔찍한 오징어 머리는 요트의 뱃머리까지 거의 닿을 뻔했다.

But Johansen drove on relentlessly against the writhing feelers.

하지만 요한센은 꿈틀거리는 촉수들을 뿌리치고 끈질기게 앞으로 나아갔다.

There was a bursting as of an exploding bladder.

마치 방광이 터지듯 펑 하는 소리가 났다.

There was a slushy nastiness as of a cloven sunfish.

마치 갈라진 붕어처럼 질척거리고 불쾌한 느낌이 들었다.

There was a stench as of a thousand opened graves.

마치 수천 개의 무덤이 열린 듯한 악취가 진동했다.

And there was a sound the chronicler did not put on paper.

그리고 연대기 작가가 기록하지 않은 소리가 있었다.

For an instant the ship was befouled by an acrid cloud.

순식간에 배는 매캐한 구름으로 뒤덮였다.

The green cloud blinded Johansen and the mad man.

녹색 구름이 요한센과 미치광이의 눈을 멀게 했다.

And then there was only a venomous seething astern.

그러자 뒤쪽에는 독기 어린 분노만이 가득했다.

But God in heaven! What the two men saw next;

하지만 세상에! 그 두 사람이 다음에 본 것은 무엇이었을까요?

The scattered plasticity of that nameless sky-spawn.

이름 없는 하늘에서 태어난 생명체의 흩어진 가소성.

The injured thing was nebulously recombining.

손상된 것은 모호하게 재결합되고 있었다.

Soon Cthulhu would be back in its hateful original form.

머지않아 크툴루는 증오에 찬 본래의 모습으로 돌아올 것이다.

But their distance was widening with every second.

하지만 그들의 거리는 매 순간 점점 더 멀어지고 있었다.

The ship was gaining impetus from its mounting steam.

배는 점점 커지는 증기 덕분에 추진력을 얻고 있었다.

And eventually the cursed city was over the horizon.

그리고 마침내 저주받은 도시는 지평선 너머로 보였다.

***

He did not try to navigate after their lucky escape.

그는 그들이 운 좋게 탈출한 후 항해를 시도하지 않았다.

His reaction had taken something out of his soul.

그의 반응은 그의 영혼에서 무언가를 앗아갔다.

He spent his time brooding over the idol in the cabin.

그는 오두막 안에서 그 우상을 곰곰이 생각하며 시간을 보냈다.

He looked after the laughing maniac in the boat.

그는 보트 안에서 미친 듯이 웃는 사람을 돌보았다.

And he attended to a few matters such as food.

그리고 그는 음식과 같은 몇 가지 일에 신경을 썼습니다.

Then came the storm of April 2nd.

그러던 중 4월 2일에 폭풍이 몰아쳤습니다.

On that day clouds gathered over his consciousness.

그날 그의 의식 속에는 먹구름이 드리워졌다.

There is a sense of pure and refined delirium.

순수하고 세련된 황홀경의 느낌이 든다.

Spectral whirling through liquid gulfs of infinity.

무한한 액체 심연 속을 휘몰아치는 유령 같은 움직임.

Dizzying rides through reeling universes on a comet's tail.

혜성의 꼬리를 타고 어지러운 우주를 질주하는 여정.

Hysterical plunges from the pit to the moon.

히스테리컬하게 구덩이에서 달까지 뛰어내리는 행위.

And he plunged back again from the moon to the pit.

그리고 그는 다시 달에서 구덩이로 뛰어내렸다.

A cachinnating chorus of the distorted, hilarious elder gods.

기괴하고 우스꽝스러운 고대 신들의 웃음소리가 어우러진 합창.

And the green bat-winged mocking imps of Tartarus.

그리고 타르타로스의 초록색 박쥐 날개를 가진 조롱하는 악마들.

Out of that dream came rescue; the ship Vigilant.

그 꿈에서 구원이 찾아왔습니다. 바로 비질런트호였죠.

The vice-admiralty court and the streets of Dunedin.

더니든의 해사법원과 거리 풍경.

The long voyage back home to the old house by the Egeberg.

에게베르크 산자락에 있는 옛집으로 돌아가는 긴 여정.

He could not tell anyone of what he had seen.

그는 자신이 본 것을 아무에게도 말할 수 없었다.

Had he told the truth they would have thought he had gone mad.

그가 진실을 말했다면 사람들은 그가 미쳤다고 생각했을 것이다.

So he secretly wrote of what he knew before death came.

그래서 그는 죽음이 오기 전에 자신이 알고 있는 것을 비밀리에 기록했다.

"Death would be a boon if only it could blot out the memories."

"죽음이 기억을 지워버릴 수만 있다면 정말 축복일 텐데."

That was the document Johansen left behind.

그것이 요한센이 남긴 문서였다.

And now I have placed this document in the tin box.

이제 저는 이 문서를 깡통 상자에 넣었습니다.

In the box is also the dream carved bas-relief.

상자 안에는 꿈을 묘사한 부조도 들어 있습니다.

And I have included the papers of Professor Angell.

그리고 저는 앤젤 교수님의 논문들도 첨부했습니다.

With this box shall go this record of mine.

이 상자와 함께 제 기록물이 들어가겠습니다.

These notes have become a test of my own sanity.

이 메모들은 내 정신 상태를 시험하는 척도가 되었다.

But I hope my discoveries are never be pieced together again.

하지만 제가 발견한 것들이 다시는 하나로 합쳐지지 않기를 바랍니다.

I have looked upon all that the universe has to hold of horror.

나는 우주가 지닌 모든 공포를 살펴보았다.

But now even the skies of spring are darkness to me.

하지만 이제 봄의 하늘조차 내게는 어둠으로 보인다.

Even the flowers of summer are forever poison to me.

여름꽃조차도 내게는 영원히 독이다.

But I do not think my life will be long.

하지만 제 수명이 길지는 않을 것 같습니다.

As my uncle went, so shall my end come.

내 삼촌이 그랬던 것처럼, 내 최후도 그렇게 될 것이다.

As poor Johansen went, so shall my time come.

불쌍한 요한센이 그랬듯이, 내게도 그런 날이 올 것이다.

I know too much, and the cult still lives.

나는 너무 많은 것을 알고 있고, 그 사이비 종교는 여전히 건재하다.

Cthulhu still lives, too, I can only suppose.

크툴루도 아직 살아있을 거라고 짐작할 수밖에 없네요.

I assume Cthulhu is again in that chasm of stone.

크툴루는 다시 그 돌 틈 속에 있을 거라고 짐작합니다.

The city which has shielded him since the sun was young.

태양이 갓 태어났을 때부터 그를 보호해 온 도시.

I know his accursed city is sunken once more.

나는 그의 저주받은 도시가 다시 한번 물에 잠겼다는 것을 알고 있다.

The crew of the Vigilant sailed over the spot after the April storm.

비질런트호의 승무원들은 4월 폭풍이 지나간 후 그 지점 위를 항해했습니다.

But his ministers on earth still worship his return.

그러나 지상에 있는 그의 사역자들은 여전히 그의 재림을 경배합니다.

In lonely places they congregate around their idol.

그들은 외딴곳에 모여들어 자신들의 우상을 둘러싼다.

And they bellow and prance and slay in satanic ritual.

그들은 사탄 의식에서 고함을 지르고 춤을 추며 살인을 저지른다.

He must have been trapped by the sinking of his black abyss.

그는 분명 심연의 어둠 속으로 가라앉는 것에 갇혀버렸을 것이다.

Or else the world would by now be screaming with fright and frenzy.

그렇지 않았다면 세상은 지금쯤 공포와 광란에 휩싸여 비명을 지르고 있을 것이다.

Who knows how the end will come about?

결말이 어떻게 될지는 누가 알겠는가?

What has risen may sink, and what has sunk may rise.

올라간 것은 가라앉을 수도 있고, 가라앉은 것은 올라갈 수도 있다.

Loathsomeness waits and dreams in the deep.

혐오감은 심연 속에서 기다리고 꿈을 꾼다.

And decay spreads over the tottering cities of men.

그리고 쇠락은 인간의 위태로운 도시들 위로 퍼져나간다.

A time will come where that city rises out the sea again.

언젠가는 그 도시가 다시 바다 위로 솟아오를 것입니다.

But I must not think about when that day will come!

하지만 나는 그날이 언제 올지에 대해 생각해서는 안 된다!

I have one prayer if this manuscript outlives me.

이 원고가 저보다 오래 살아남는다면, 제게는 한 가지 소망이 있습니다.

I pray my executors put caution before audacity.

내 유언 집행자들이 대담함보다는 신중함을 발휘하기를 기도합니다.

I pray this manuscript meets no other eyes.

이 원고가 다른 누구의 눈에도 띄지 않기를 바랍니다.

***

Found among the papers of the late Francis Wayland Thurston, of Boston.

보스턴 출신의 고(故) 프랜시스 웨일랜드 서스턴의 유품 중에서 발견되었습니다.